문화의 푸른 숲

문화의 푸른 숲

김종회 문화비평

머리말

무리 지어 피는 꽃이 더 아름답다

아메리카 인디언의 속담에 "외나무가 되려거든 홀로 서라. 푸른 숲이 되려거든 함께 서라"는 말이 있다. 세상을 살면서 '함께'를 강조하는 언사는 참으로 많으나 그것이 '푸른 숲'의 공동체를 지칭하는 이 금언金言은 오래 되새길 만하다. 복잡다단한 현실 속에서 우리의 삶이 노정하는 각기 개인의 길이 있으나, 이를 사회 공동체의 공익에 복무하는 방향으로 수렴하면 거기에 사회비평 또는 문화비평의 언어가 탄생한다. 우리 사회의 저변을 관류하는 의식의 실체를 확인하고, 이를 삶의 지표로 확립해 보려는 노력은 그러므로 '외나무'의 일이 아니다. 작고 볼품없는 꽃도 무리 지어 피면 더 아름답고, 작은 별들의 축제와 같은 은하수도 동시에 반짝일 때 더 휘황하다.

이는 문화비평에 대한 필자의 생각을 간추린 표현이다. 한국 문단에 문학평론가로 명호名號를 내걸고 비평 활동을 해 온 지

33년, 그리고 30년 재직하던 대학에서 퇴임한 지 수년간, 이 합심 협력의 인식 구도에 대한 묵상이 늘 필자에게 머물러 있었다. 그간의 글쓰기를 결산하고 앞으로의 향방을 가늠하는 표지석으로, 필자는 『램프를 켜고 거울을 보다』라는 문집을 상재했다. 필자 자신의 글에 중심을 두지 않고 그 세월 동안 함께했던 많은 소중한 분들의 글을 실었다. 그리고 그에 뒤이어 다시 여기 이 산문집 『문화의 푸른 숲』을 펴낸다. 이 글들은 필자 자신의 문학관을 담는 것이 아니라, 동시대 사회의 온갖 우여곡절을 문화의 눈으로 들여다본 것이다.

이 책은 모두 4부로 구성되어 있다. 1부 '문학과 예술의 길 찾기'는 우리 시대 문인들의 문학과 사회사적 연관성을 탐구한 것이고, 2부 '지역문화의 새 자긍심'은 내 고향 고성의 문화적 풍토와 그 지역에서 발원한 '디카시'를 탐색한 것이다. 3부 '삶이 우리를 이끄는 곳'은 오늘날 우리 사회가 공통으로 유념해야 마땅한 가치관을 주장한 것이고, 4부 '내실과 세계화의 소통'은 한국 사회의 내포적 풍경에서 국제 사회로 의미 범주를 확장한 과제들을 궁리한 것이다. 이 글들은 대체로 중앙 및 지방 언론에 문화 칼럼으로 쓴 논평들이며, 그 외 다른 지면에 문화 또는 시사적인 주제로 쓴 단평들이 위주다. 한 편 한 편의 글을 쓸 때는 잘 몰랐으나, 이렇게 한자리에 모이니 그런대로 하나의 물결을 이룬 형국이다.

　우리는 늘 스스로가 삶의 주인이며 또 이를 목표하는 방향으로 이끌어 간다고 여긴다. 그러나 이순耳順을 여러 해 넘긴 지점에서 돌이켜 보니, 이는 그다지 맞는 논리가 아닌 듯하다. 삶의 세목을 구성하는 것은 우리 자신이지만, 그러한 세부가 모여 형성된 삶의 총체성이 자의적인 방향과 길을 따라 미래를 인도하는 것 같다. 다만 우리는 이를 지각하면서 순전하고 보람 있게 세항細項을 채우는 역할을 할 수 있을 뿐이다. 그러기에 P. 발레리는 "바람이 분다. 살아야겠다"는 레토릭을 남겼다. 동시대와 사회를 마주하며 불어오는 바람을 어떻게 맞아야 하는가가 곧 이 책의 근저에 있는 중심사고다. 그렇게 의도하고 썼으나 여러모로 부족한 글들을, 산뜻한 책으로 묶어 준 아르테에 깊은 감사의 마음을 전한다.

2022년 새봄
김종회

차례

Ⅰ. 문학과 예술의 길 찾기

II. 지역문화의 새 자긍심

III. 삶이 우리를 이끄는 곳

Ⅳ. 내실과 세계화의 소통

I. 문학과 예술의 길 찾기

한국 현대문학의 서사적 흐름

— 한국문학 소설 선집, 스페인어판

1. 한국문학선집의 의의와 가치

국제교류재단에서 계획한 한국문학선집-소설 2권의 출간은
참으로 뜻깊은 일이다. 특히 한국 현대사회의 내면 풍경을 담
은 단편소설 20편을 상·하권으로 나누어 상재하게 되었으니
이 소설들을 읽는 일이 한국과 한국문학을 이해하는 데 있어
어떤 장황한 설명보다도 더 명료한 지름길이 될 수 있다고 본
다. 우리가 익히 알고 있는 것과 마찬가지로 소설은 구체적인
담론을 서술함으로써 그 시대와 사회를 반영하며, 생동하는 인
물의 묘사와 이야기의 재미를 통해 독자와 가장 용이하고 친숙
하게 만날 수 있는 장르적 특성을 지녔다.

김동리의 「무녀도」에서 김애란의 「나는 편의점에 간다」에 이르는 이 소설들은 한국 현대문학, 그중에서도 동시대의 당대 문학을 대표하는 작품들로 선정되었다. 근대문학의 형성과 성장을 이어받은 현대문학은 그 배경이 되는 역사의 굴곡을 따라 일제강점기의 문화적 억압을 극복하고 백화난만한 문학의 개화를 꿈꾸었으며, 시대의 변화에 따른 격동기의 징검다리를 건너왔다. 한국전쟁의 상흔, 개성과 감수성의 회복, 시대정신의 비판적 표현, 다원주의 시대의 다양한 서사 등이 이 머나먼 도정道程의 세항細項을 이루고 있다. 동시에 개별적인 작품들은 저마다의 개성과 의미를 지닌 채 밤하늘의 별빛처럼 반짝이고 있다.

2. 한국 현대문학의 서사적 흐름

해방과 분단의 역사적 과정을 거쳐 오면서, 한국 소설이 새로운 흥왕기를 이룬 것은 1970년대였다. 한국 소설은 1970년대에 이르러 대체로 두 가닥의 주요한 줄기를 형성했다. 하나는 1950년 6·25동란 이래의 분단모순에 대응하여 분단시대 삶의 역사성과 그 의미를 추적하는 소설들이다. 다른 하나는 1970년대부터 그 서막이 오르기 시작한 산업화 시대의 삶과 그로 인한 계층 간의 격차 및 불균형한 분배 문제, 곧 계급모순에 대응한 소설들이다. 이 두 가닥의 분명한 줄기는 서로 상승작용을 유발하여 1970년대가 소설이 흥왕한 시대로 특징지어지는 데 결정적인 동력원이 되었으며, 분단모순과 계급모순의 무거운 시대사적 과제에 맞서서 소설의 문학 외적 역할에까지 논의의 진폭이 확장되도록 했다.

이와 같은 흐름에서 한국전쟁이 소설의 소재에 있어 중요한 보고寶庫가 되어왔고, 분단 이후 반세기를 헤아리는 세월의 경과가 문학을 체험에서 분리하여 역사적 안목 아래 정리할 수 있는 시간상의 간격을 확보해 주었음을 확인할 수 있다. 이러한 현상은 또한 통일시대와 남북 간 화해의 전망을 탐색해 나갈 앞으로의 시대에서도 그러하다. 남북한이 국토를 통일하고 문화를 통합하는 문제만큼 절실하게 민족적 정신사를 압박하는 것이 없다고 한다면, 분단문학의 발전적 진행 단계야말로 민족사의 환부를 보살피는 작업이며, 직접적으로 밝은 해결의 길이 보이지 않더라도 꾸준하게 천착되어야 할 과제다.

1970년대에 들어서면서부터 계급모순의 여러 문제에 응전하며 산업화시대의 문제를 다룬 소설들이 아연 활기를 띠기 시작한 것은 문학과 사회의 긴밀한 상관성에 관한 하나의 사례다. 분단 상황이라는 지울 수 없는 민족모순을 끌어안은 채 삶의 질적 수준을 향상시키는 경제건설이 여러 형태로 진척되면서, 문학 또한 이에 상응하는 발 빠른 변신의 행보를 옮겨 놓게 된 것이다. 그런가 하면 한국 사회 곳곳에서 산업화시대의 들머리에서 파생되는 부정적 현상들이 양산되었고, 소설은 이 불균형성에 대해 예리한 경각심으로 반응했다.

1980년대에 이르면 신군부의 독재와 '광주민주화운동'의 저항을 필두로 '운동 개념으로서의 문학'이 한국문학의 중심을 이루게 된다. 문학이 그리고 그 생산자인 작가들이 현실의 검색 및 개량에 임하는 본연의 임무를 포기할 수는 없는 일이라는 인식이 확대되었다. 특히 현실을 서사적 형상력으로 재창조하는 소설이, 구체적인 담화의 구조를 통해 파편화되어 가는 세계의 공동체적 유대를 되살려 놓아야 할 책무를 지녔음을 환기했다. 이에 따라 한국문학은 '가두시위'를 방불케 하는 대 정치적 투쟁에 참여했으며 '주적主敵'을 분명히 하는 확고한 방향성을 갖고 있었던 것이다.

많은 사람들이 1980년대 초반을 '시의 시대'라 부르고 또 그렇게 이해했다. 먼저 그러한 단정적인 언표言表가 의미하듯이 문학작품 가운데서 시의 창작과 발표가 양과 질에 걸쳐 다른 장르보다 앞서갔다는 사실을 들 수 있겠다. 다음으로 1980년 5월 광주의 비극을 딛고 서서 구축된 신군부의 강고한 지배 체제가 서슬 푸른 압제와 검열의 칼날로 구체적 스토리를 내포한 서사적 공간을 압도함으로써, 자연히 비유와 상징의 기능이 짙은 시적 발화를 조장했다는 점을 지적할 수 있다.

1990년대로 접어든 한국문학은, 1970년대 및 1980년대에 비해 몇 가닥의 뚜렷한 변별성을 보여주었다. 1970년대의 분단문학과 산업화시대의 여러 문제점에 대응한 산문적 서술의 흥성함은, 이른바 '소설의 시대'라는 호명을 산출하기도 했으며, 통시적이고 역사적인 상상력과 공시적이고 사회사적인 상상력을 배경으로 대체로 '문학은 사회상을 반영하는 거울'이라는 고전적 명제를 충족시키는 편이었다. 반면에 1980년대에 이르러서는, 사회 변혁의 준험한 파고가 현실의 제방을 넘어서 문학의 영역에까지 그 위력을 확장함으로써 문학의 현장성이 한층 강화되고, '문학운동'이 주류를 형성하여 당대의 시대정신을 대변하는 역할을 수행하는 한편 이념이 문학을 압도하는 현상을 노정하기도 했다. 그러나 1990년대는 이와 확연히 달랐다.

다양성과 다원주의의 시대였던 1990년대에 있어 상대성과 탈이데올로기를 표방한 문학의 흐름은 기본적으로 포스트모더니즘의 세계관과 관련되어 있는데, 주제의식보다는 기법적 측면이 강조되는 경향을 나타냈다. 대중적 소비사회로 진입하여 1980년대적 가치 지향의 개념을 무력화시키는 세태 또한 이 경향에 가속도를 더하는 요인이 되었다. 그런가 하면 그 이전 리얼리즘 계열의 소설이 현저하게 약화되었으며, 이는 투쟁 중심의 사회적 분위기가 퇴조하고 동시에 창작 방법론에 지도적 기능을 수행하던 이론의 전열이 무너짐으로써 초래된 변모의 양상이었다.

1990년대의 막바지에 이르면서 아무데서나 손쉽게 등장하던 21세기라는 용어는, 관념적인 거리를 두고 멀리 떨어진 자리에 머무르지 않고 실제적으로 한국 사회와 그 삶의 한복판으로 진입해 왔다. 21세기 이후의 한국문학에는 전前 시대에 투쟁의 도구로 화두話頭시 되던 그 문학외적 광휘光輝가 없다. 또 무원칙 다변화의 시대적 조류에 밀리는 한편 대중문학과 상업주의문학의 대두로 인한 가치관의 혼란을 겪기도 한다. 본격·순수·고급문학이라는 호명이 대중·통속·상업주의문학이라는 호명보다 정신적으로 질적으로 우위에 있다는 인식조차 일반화되기가 어려워졌다. 21세기의 한국문학은 시대와 사회의 공통분모를 찾아가기보다는, 각기의 작가가 가진 독창적 시각과 표현방식이 더 중점이 되는 외형을 나타내게 된다.

3. 한국문학 명작과 미래의 좌표

위에서 살펴본 바와 같이 문학사적 흐름을 관류하여 세기의 변경선을 넘어온 한국문학은, 복잡다단한 삶의 형상과 온전한 가치정립에 난관이 많은 시대상을 헤치고 자기 목소리를 발해야 한다. 그것이 문학의 본령이기 때문이다. 그것은 앞선 시대의 문학에 대한 비판적 계승이나 새로운 시대정신을 문학의 내포적 구조 속에 응축하는 등 다양한 방향성의 모색을 나타낼 수밖에 없다. 이 여러 유형의 논리와 더불어 21세기 한국문학에 나타난 또 하나의 특성은, 그 작품 무대의 세계화다. 이는 정권적 차원에서 내세웠던 세계화의 개념보다 훨씬 더 절실할 수밖에 없다. 그것이 문학으로 표현된 동시대의 삶과 의식, 그 실체의 한 부분을 표방하기 때문이다. 차제에 스페인어판 한국문학선집의 소설 2권이 새로운 얼굴을 보이게 된 것은 참으로 주목할 만하며 큰 박수로 경하할 일이다.

이 두 권의 소설집에 수록된 20편의 소설은 명실공히 한국 현대문학 대표적 작가들의 작품이며, 그 수준과 문학적 의의를 높이 평가할 수 있는 지점에 도달해 있다. 다만 이 작품들이 현재 활발하게 활동하는 작가들을 중심으로 선정되었기에, 그 가운데서 일정한 변화나 흐름을 읽어내기는 어려운 일이다. 이 작품들은 문학사적 흐름을 이어 받으면서 각기 개성 있는 자기 세계를 구축하고 있고, 한국에서는 물론 해외에도 널리 소개되어 고유한 명성을 가지고 있다. 우리는 한 편의 문학작품을 값 있게 만남으로써 심금을 울리는 감동에 젖기도 하고, 경우에 따라 우리 삶의 이정표를 교정하기도 한다. 이 책을 읽는 분들에게 그와 같이 기념비적인 독서체험이 함께하길 기대해 마지않는다.

순수와 절제의 미학

— 황순원의 문학과 「소나기」

1. 순수성과 완결성의 미학, 그 소설적 발현

오랫동안 글을 써 온 작가라고 해서 반드시 훌륭한 작품을 남기는 것은 아니다. 그러나 작품의 제작에 지속적 시간이 공여된 문학은 그렇지 않은 경우에 비추어 더 넓고 깊은 세계를 이룰 가능성을 갖고 있다. 해방 70여 년을 넘긴 우리 문단에 명멸한 많은 작가들이 있었지만, 평생을 문학과 함께해 왔고 그 결과로 노년에 이른 원숙한 세계관을 작품으로 형상화하는, 유다른 성취를 이룬 작가는 그리 많지 않다.

황순원이 우리에게 소중한 작가인 것은 시대적 난류 속에서 흔들림 없이 온전한 문학의 자리를 지키면서 일정한 수준 이상의 순수한 문학성을 가꾸어왔고, 그러한 세월의 경과 또는 중량이 작품 속에서 느껴지고 있다는 점과 긴밀한 상관이 있다. 장편소설로 만조滿潮를 이룬 황순원의 문학을 거슬러 올라가 보면, 시에서 출발하여 단편소설의 세계를 거쳐 온 확대 변화의 과정을 볼 수 있다. 그의 소설 가운데 움직이고 있는 인물들이나 구성 기법 및 주제의식도 작품 활동의 후기로 오면서 점차 다각화, 다변화되는 경향을 보인다.

여러 주인공의 등장, 그물망처럼 얼기설기한 이야기의 진행, 세계를 바라보는 다원적인 시각과 인식 등이 그에 대한 증빙이 될 수 있겠다. 그러나 그 다각화는 견고한 조직성을 동반하고 있으며, 작품 내부의 여러 요소들이 직조물의 정교한 이음매처럼 짜여서 한 편의 소설을 생산하는 데 이른다.

이러한 창작 방법의 변화는 한 단면으로 전체의 면모를 제시하는 제유법적 기교로부터 전면적인 작품의 의미망을 통하여 삶의 진실을 부각시키는 총체적 안목에 도달하는 과정을 드러낸다. 단편 문학에서 장편 문학을 향하여 나아가는 이러한 독특한 경향이 한 사람의 작가에게서 순차적으로 진행되고 있음은 보기 드문 경우이며, 그 시간상의 전말이 한국 현대 문학사와 함께했음을 감안할 때 우리는 황순원 소설 미학을 통해 우리 문학이 마련하고 있는 하나의 독창적 성과를 확인할 수 있는 것이다.

황순원의 첫 작품집에 해당되는 시집 『방가』와 뒤이은 시집 『골동품』에 나타난 시적 정서는 초기 단편에 그대로 이어져서, 신변적 소재를 중심으로 하는 주정적主情的 세계를 보여준다. 이 시기의 작품들은 삶의 현장과 직접적으로 관련되어 있지 않은데, 이는 아마도 '암흑기의 현실적인 제약과 타협하지도 맞서지도 않았기 때문'일 것이다. 상실과 말소의 시대를 지나온 이러한 자리지킴은 그에게 후일의 문학적 성숙을 예비하는 서장으로 남아 있다.

『곡예사』와 『학』 등의 단편집을 거쳐 『카인의 후예』나 『나무들 비탈에 서다』와 같은 장편소설로 넘어오면서 황순원은 격동의 역사, 곧 6·25동란을 작품의 배경으로 유입한다. 삶의 첨예한 단면을 부각하는 단편과 그 전면적인 추구의 자리에 서는 장편의 양식적 특성을 고려할 때, 그와 같이 굵은 줄거리를 수용할 수 있는 용기容器의 교체는 납득할 만한 일이다.

그러면서도 여전히 절제되고 간결한 문장, 서정적 이미지와 지적 세련의 분위기를 유지하고 있는데, 장편소설에서 그것이 가능하고 또 작품의 중심 과제와 무리 없이 조응하고 있다는 데서 작가의 특정한 역량을 짐작할 수 있다. 그는 산문적, 서사적 서술보다 우리의 정서 속에 익숙한 인물이나 사물의 단출한 이미지를 표출함으로써 소설의 정황을 암시적으로 드러내 보인다. 이러한 묘사적 작풍作風이 단편의 특징을 장편 속에 접맥시켜 놓고도 서투르지 않게 하고 오히려 단단한 문학적 각질이 되어 작품의 예술성을 보호한다.

대표적 장편이라 호명할 수 있는 『일월』과 『움직이는 성』에 이르러 황순원은 인간 존재에 대한 철학적 성찰을 깊이 있게 전개하며, 그 이후의 단편집 『탈』과 장편 『신들의 주사위』에 도달하면 관조적 시선으로 삶의 여러 절목들을 조망하면서 그때까지 한국 문학사에서 흔치 않은, 이른바 '노년의 문학'을 가능하게 한다. 천이두는 이를 '단순히 노년기의 작가가 생산했다는 의미가 아니라 노년기의 작가에게서만 느낄 수 있는 독특하고 원숙한 분위기의 문학'이라는 적절한 설명으로 풀이한 바 있다.

황순원의 작품들은, 소설이 전지적 설명이 없이도 작가에 의해 인격이 부여된 구체적 개인을 통해 말하기, 즉 인물의 형상화를 통해 깊이 있는 감동의 바닥으로 독자를 이끌 수 있음을 잘 보여준다. 그러할 때 그에 의해 제작된 인물들은 따뜻한 감성과 인본주의의 소유자이며 끝까지 인간답기를 포기하지 않는 성격적 특성을 가지고 있다.

하나의 완결된 자기 세계를 풍성하고 밀도 있게 제작함으로써 깊은 감동을 남기고 있는 황순원의 작품들은, 한국 문학사에 독특하고 돌올한 의미의 봉우리를 형성하고 있다. 그것은 또한 현대사의 질곡과 부침浮沈을 겪어오는 가운데서도 뿌리 깊은 거목처럼 남아 있는 이 작가에게 우리가 보내는 신뢰의 다른 이름이기도 하다.

2. 「소나기」, 인간본원의 순수성과 그 소중함

「소나기」는 짧은 단편이면서도 황순원 문학의 진수를 보여주는 작품이다. 어쩌면 단편문학에서 그의 문학적 특징과 장점을 가장 확고하게 드러내고 있는 작품이라 할 수도 있겠다. 「소나기」가 실려 있는 단편집 『학』은 1956년, 작가와 가까웠던 이름 있는 화가 김환기의 장정으로 중앙문화사에서 간행되었다. 이 책에는 1953년에서 1955년 사이에 씌어진 단편 열네 편이 수록되어 있다.

여기에서는 전후의 시대상과 힘겨운 삶의 모습들, 그리고 그러한 와중에서도 휴머니즘의 온기를 잃지 않고 있는 등장인물들과 마주칠 수 있다. 「소나기」는 청순한 소년과 소녀의, 우리가 차마 '사랑'이라는 이름으로 부르기가 조심스러운 그 애틋하고 미묘한 감정적 교류를 잘 쓸어 담고 있어 이 시기 작품 세계의 극점에 섰다고 할 수 있겠다. 「소나기」는 「학」, 「왕모래」 등과 함께 활발한 번역으로 영미 문단에 소개되었으며 유의상이 번역한 「소나기」는 1959년 영국 《Encounter》지의 콘테스트에 입상, 게재되기도 했다.

이 작품의 중심인물은 시골 소년과 윤 초시네 증손녀인 서울서 온 소녀이다. 이들은 개울가에서 만나 안면이 생기게 되고 벌판 건너 산에까지 갔다가 소나기를 만난다. 몰락해 가는 집안의 병약한 후손인 소녀는 그 소나기로 인해 병이 덧나게 되고, 마침내 물이 불은 도랑물을 업혀 건너면서 소년의 등에서 물이 옮은 스웨터를 그대로 입혀서 묻어 달라 말하고는 죽는다.

그런데 「소나기」에서 정작 중요한 것은 그와 같은 이야기의 줄거리가 아니다. 간결하면서도 정곡을 찌르는, 속도감 있는 묘사 중심의 문체가 우선 작품에 대한 신뢰를 움직일 수 없는 위치로 밀어 올린다. 정확한 단어의 선택과 그 단어들로 이루어진 문장이 읽는 이에게 먼저 속 깊은 감동을 선사할 수 있다는 범례를 우리는 여기서 볼 수 있다. 또한 이 작품은 단 한 차례도 글의 문면을 따라가는 이에게, 토속적이면서도 청신한 어조와 분위기 밖으로 나설 것을 강요하지 않는다. 기·승·전·결로 잘 짜인 플롯의 순차적인 진행을 뒤따라가는 일만으로도, 문학이 영혼의 깊은 자리를 두드리는 감동의 매개체임을 실감케 한다.

작은 사건과 사건들, 그것을 감각하고 인식하는 소년과 소녀의 세미한 반응 등 작고 구체적인 부분들의 단단한 서정성과 표현의 완전주의가 이 소설을 가장 우수한 작품으로 떠받치는 힘이 된다. 이미 익히 알려져서 구태여 부언할 필요가 없을지 모르나, 「소나기」의 결미는 황순원 아니 한국 단편문학 사상 유례가 드문 탁발한 압권이다. 소녀의 죽음을 간접적으로 소년에게 전달하고 소년의 반응 자체를 생략해 버린 여백의 미학이 하루아침에 습득된 기량일 리 없다.

「소나기」를 통하여 우리는 인간이 내면적으로 본질적으로 얼마나 순수할 수 있는가, 그리고 그것이 얼마나 소중하고 값진 것인가를 손가락 끝을 바늘에 찔리듯 명료하게 알아차릴 수 있다. 아직 전란의 포화가 멈추지 않은 시기에 이토록 순정한 담화를 아름답게 그려낸 작가는, 정말 우리가 잊어서는 안 될 동심의 순수성과 애틋한 첫사랑의 기억을 되살려 놓았다. 그런 점에서 「소나기」 같은 작품, 황순원 같은 작가를 보유하고 있다는 사실이 곧 우리 문학의 행복이라 할 수 있겠다.

역사를 읽고 신화를 쓴 작가

— 탄생 100주년에 이른 나림 이병주

소설가 나림 이병주 선생의 탄생이 1921년이니 올해로 꼭 100주년이다. 그의 타계는 1992년으로 내년이면 30주기다. 대학의 국문학과에서 30년간 문학을 강의하고 문단에서 문학평론가로 33년간 비평문을 써 온 필자의 견식으로, 나림을 일러 '불세출의 작가'라 호명하는 것이 그다지 무리해 보이지 않는다. 그가 남긴 80여 권 분량의 소설과 에세이들, 종횡무진의 서사를 자랑하는 실록소설과 춘추필법을 구사하는 에세이들을 정독해 보면 이를 쉽사리 납득할 수 있다. 일찍이 그는 자신의 책상 앞에 "나폴레옹 앞에는 알프스가 있고 내 앞에는 발자크가 있다"고 써 붙여 두었던 터이니, 기량에 있어서나 의욕에 있어서나 천생의 작가였던 셈이다.

대표적인 이병주 연구자였던 고故 김윤식 선생으로부터 필자가 직접 들은 회고담이다. 어느 방송 프로그램에 함께 출연하여 나림의 장편소설 『비창』에 대해 논의하는 자리에서 이렇게 말했다고 한다. "그 작품에 등장하는 여주인공의 사고와 행위가 너무 질정質定이 없지 않느냐." 그랬더니 나림의 대답이 이랬다는 것이다. "나는 육십이 넘은 지금도 세상살이에 갈팡질팡하는데, 이제 삼십 넘은 술집 마담의 형편에 질정 없이 행동하는 것이 이상할 바 있겠느냐." 김윤식 선생은 그 '우문현답'에 더 이상 할 말이 없었다고 했다. 김 선생이 말년에 토로한 바로는, 한국의 작가 가운데 사람으로나 작품으로나 가장 기억에 남는 이가 나림이라고 했다.

나림이 유명幽明을 달리한 지 10년 후인 2002년에, 그의 출생지인 경남 하동에서 최증수 선생을 중심으로 한 기념사업이 시작되었다. 그로부터 5년 후인 2007년에 김윤식 선생과 하동 출신의 정구영 전 검찰총장 등을 중심으로 전국 규모의 기념사업회가 발족했다. 그리하여 주로 역사 소재의 대표작들을 중심으로 서른 권의 이병주 선집이 발간되었고, 이병주국제문학제와 이병주국제문학상 등의 본격적인 현양 사업이 지속되어 왔다. 올해는 다시 대중적 수용성이 뛰어났던 작품들을 중심으로 열두 권의 선집이 발간될 계획으로 있고, 한국문인협회·국제펜한국본부·대산문화재단 등의 문학단체 및 기구에서 그를 조명하는 특집을 마련하기도 했다.

필자가 나림을 처음 만난 것은 대학원 석사과정에 갓 입학한 해 봄이었다. 장소는 광화문 코리아나호텔 커피숍이었고, 대학에서 발간하는 잡지의 원고청탁을 위해서였다. 그 자리에서 필자는 '역사란 무엇이냐'는 매우 무모한 질문을 던졌고, 선생은 매우 간략하게 '역사는 믿을 수 없는 것'이라고 대답했다. 그때는 이해하지 못했으나 나중에 공부를 더 하고 보니, 선생의 답변은 그의 문학관, 곧 신화문학론에 근거한 문학의 관점을 압축한 것이었다. 장편소설 『산하』의 에피그램 "태양에 바래이면 역사가 되고 월광에 물들면 신화가 된다"나, 그의 어록 중 하나인 "역사는 산맥을 기록하고 나의 문학은 골짜기를 기록한다" 등이 모두 그와 동궤同軌의 맥락이었다.

실재적 사실로서의 역사는 인간사의 깊은 굴곡에 숨어 있는 슬픔이나 아픔을 보여줄 수 없는 것이며, 그것을 가능하게 하는 장르가 소설이라는 선생의 확고한 지론持論이 거기에 있었다. 어쨌거나 그 만남을 기점으로 필자는 나림 연구자가 되었고 2007년부터 현양 운동의 실무를 맡았으며 그 세월이 10여 년이 되었다. 지금은 상황이 바뀌어서 기념사업회의 공동대표를 맡고 있지만, 기실 필자에게는 나림과 관련된 원죄가 없지 않다. 고등학교 때부터 그의 소설들을 탐독한 전력이 그렇다. 그때는 정말 아무것도 모르고 소설만 열심히 읽었는데, 운명의 인과는 허술함이 없어서 오늘 여기에까지 이른 형국이다. 바라건대는 그 인연이 그야말로 선인선과善因善果였으면 한다.

나림의 소설은 장대하고 드라마틱한 이야기를 유장悠長하게 풀어 나가는 데 특장이 있다. 일찍이 그가 도스토옙스키의 『죄와 벌』을 읽고 그 마력에 사로잡혔다고 고백한 것은 그런 점에서 사뭇 의미심장하다. 무엇보다도 그의 소설들은 확고하게 '읽기의 재미'를 공여한다. 미상불 이는 소설 형식의 근본적인 존재 이유이기도 하다. 그의 책을 서재에 두면 귀가하는 발걸음이 빨라진다는 수사修辭나, '이병주가 집에서 기다린다'는 비유적 표현은 이를 잘 말해 준다. 동시에 그의 소설들은 인생사에 대한 교훈과 경륜을 습득하게 한다. 현란한 현대사회의 물

질문명 앞에 위축된 우리 시대의 갑남을녀甲男乙女들에게, 거대 담론의 기개를 회복하고 굳어버린 인식의 벽을 부수는 상상력의 힘을 북돋울 수 있다.

　오랫동안 그의 소설들과 더불어 살아온 필자의 시각에는, 그 소설들이 역사성과 대중성이라는 두 줄기의 형용으로 양립되어 있다고 인식된다.『관부연락선』·『지리산』·『산하』 같은 한국 근·현대사 소재의 3부작과 『바람과 구름과 비』 또는 『그해 오월』 같은 작품은 웅장하고 견고한 역사성의 성채와 같다. 그런가 하면『낙엽』·『허생과 장미』·『행복어사전』 같이 시대와 사회 속에서 구체적인 삶을 엮어가는 이들의 디테일한 담화들은 다채롭고 윤기 있는 대중성의 모형을 이룬다. 이 양자를 기축基軸에 두고 나림의 문학은 한껏 그 날개를 펼쳐 비상할 수 있었던 것이다. 그런가 하면 그의 산문들이 탐사하는 철학과 사상, 인문주의의 식견은 그것대로 또 하나의 괄목할 만한 획을 이루고 있다.

　물론 이 글의 의도가 나림의 소설이 남긴 문학적 의의와 존재 값을 후하게 평가하려는 뜻을 가지고 있지만, 그렇다고 사실과 어긋나는 견강부회를 가져올 생각은 추호도 없다. 엄정하고 객관적으로 비평적 감식을 수행하는 것이 나림 문학의 위의威儀에 대한 연구자요 현창자로서의 도리라 여겨지기 때문이다. 나림을 있는 그대로 읽는 것만으로도, 그렇게 읽을 수 있도록 마당을 닦고 멍석을 까는 것만으로도 충분할 것으로 본다. 이 말은 나림의 문학과 더불어 우리 시대의 새로운 독서운동을 시발해볼 수 있지 않겠느냐는 조심스러운 기대를 안고 있다. 어느새 많은 이들이 종이책과 멀어지고 문학이 먼 외계의 풍설風說처럼 들리는 실제적 우려가 인문학의 위기라는 이름으로 제시되어 있는 형편이기에 그렇다.

문학을 통해 간접 체험으로서의 세계를 탐색하고 스스로의 가치 기준을 정립해 나가는 고전적 독서론의 범례를 굳이 서구의 작품이나 중국의 『삼국지연의』 등에서만 찾을 일이 아니다. 나림의 역사 소재 소설들은 특히 이 대목에서 바람직한 전범이 될 수 있는 것들이 많다. 또한 현대사회의 남녀 간 사랑 이야기를 소재로 한 소설들도 저마다의 역할이 있다. 『행복어사전』에서 우등생의 모범답안과 같은 삶의 지향점을 버리고, 일상의 구체적 세부를 음미하는 인물의 자기 충족은 오늘날과 같이 파편화되고 미소微小화 한 현실 가운데 시사하는 바가 크다.

'미微에 신神이 있느니라'는 그의 소설 한 대목에 있는 기막힌 레토릭이다.

이병주기념사업회의 발족 이후 역사성의 소설을 모은 선집 30권이 발간된 것은 2006년이었다. 그리고 15년이 지난 올해 대중 성향의 '재미있는' 선집 12권이 새로 묶여 나온다. 한국문학에서 문·사·철의 고급한 교양을 동시에 보여주는 작가, 사상에 있어 좌·우익을 망라하여 문학을 통한 정치토론을 유발할 수 있는 거의 유일한 작가가 나림이다. 그런 연유로 그 기념사업회에는 좌·우 이념의 대표적인 인물들이 함께 망라되어 있다. 이제 한국 문단은 그에 대해 대체로 인색했던 평가와 비교적 미흡했던 연구의 구각舊殼을 탈피해야 한다. 아름다운 고장 하동의 삼포지향三抱之鄕을 기리듯, 하동이 낳은 걸출한 작가 나림 이병주를 다시 돌아볼 때이다. 탄생 100년, 한 세기의 무게가 거기에 얹혀있는 까닭에서다.

불세출의 문학 연구와 비평, 그 정신과 예술혼

— 우리 시대 문학의 거장 김윤식 선생을 영결하며

지난 반세기에 걸쳐 한국문학 연구와 비평에 독보적인 성과를 이루었던 큰 별 하나가 역사의 지평 너머로 이울어갔다. 김윤식 선생. 향년 82세. 1962년 《현대문학》에 '문학사방법론 서설'이 추천되어 문단에 나온 이래 무려 200여 권의 저술을 내놓을 만큼 초인적인 필력을 자랑한 선생은, 가히 한국문학의 국보급 학자요 평론가로 불러도 손색이 없을 터이다. 이는 단순히 저술의 분량이 많다는 일반적 사실에 머무는 것이 아니고, 그 연구가 보여준 진전된 시각과 새로운 논의 영역의 개척을 함께 말하는 것이다. 그러므로 그를 잃는 것은 우리 문학사가 포괄하고 있는 축적된 지식과 정제된 비평의 성과를 잃는 것이기에 더 가슴 아픈 것이다.

예컨대 『한국근대문예비평사연구』와 같은 저서는 문학에 관한 이론과 그 가치를 정립하고 한국 근대 비평의 실천적 방법론을 체계화 했다. 그런가 하면 『이광수와 그의 시대』나 『이상연구』와 같은 저서는 더 남아 있는 이광수 및 이상에 대한 연구가 없다고 할 만한 결정판의 면모를 보였다. 그 많은 연구서와 월평·계간평을 포함한 현장비평에 이르기까지 그의 글에는 거의 태작駄作이 없었다. 한 문필가의 생애를 통해 어떻게 이와 같은 일이 가능했는지 참으로 불가사의한 사례가 아닐 수 없다. 알려지기로는 일생을 대학 강단에 서면서 오전에는 집필, 오후에는 강의, 저녁에는 독서로 일관했다고 하니 문학 연구와 비평은 그의 꿈이요 즐거움이요 어쩌면 종교적 이상과 같지 않았나 싶다.

1960년대에서 70년대로 넘어오면서 한국 문단은 서구 이론을 도입한 새로운 시각의 비평을 넘어, 국문학자가 중심이 되어 작품 그 자체의 면목을 들여다보는 본질 탐색의 비평이 대두했다. 그 중심에 김윤식 선생이 있었고 그와 더불어 소위 '스타 비평가'의 무대가 열렸다. 그처럼 화려한 광영이 그의 몫이었으나, 그 삶의 뒤안길을 되돌아보면 쉬는 때도 휴가를 가는 날도 없이 언제나 책상 앞에서 자신과 마주하는 시간만 가지고 있었던 선생의 삶이 외롭고 무거운 그림자처럼 잠복해 있다. 우리가 베토벤의 선율에서, 고흐의 화폭에서, 두보의 방랑시편에서 어렵지 않게 발견할 수 있는 바, 불세출의 예술을 생산한 위인의 아프고도 슬픈 삶의 행적이 선생에게도 꼭 같이 숨어 있었던 것이다.

선생 스스로 의식의 끈을 놓고 병상에 누워 있는 동안, 선생의 미망인은 그 머리맡에 생전에 좋아하던 노래 몇 곡을 틀어 놓았다. 이원수가 짓고 리틀엔젤스가 노래한 〈고향의 봄〉, 고은이 짓고 양희은이 노래한 〈세노야〉, 그리고 이은상이 짓고 엄정행이 노래한 〈가고파〉였다. 선생은 노래하는 것을 즐겨하지 않았으나 이 세 곡을 늘 마음에 담고 다녔다는 것이다. 미망인은 그를 영결하는 추모식장에 또 하나의 노래를 요청했다. 배경모가 짓고 윤시내가 열창한 〈열애〉였다. 일찍이 아프리카 수단에 선교사로 가서 정말 도움이 필요한 그곳 원주민들을 위해 몸과 마음을 모두 불사른 고 이태석 신부의 마지막 길에서 이 노래를 감동적으로 들었다고 했다. 추모식의 진행자였던 필자와 참석자들은 이 노래와 함께 모두 오열했다.

이 신부의 종교적 신념과 한 인간으로서의 희생이 고귀한 이상을 향한 흔들림 없는 열애였다면, 한 평생을 구도자적 열정으로 문학 연구에 매진한 김윤식 선생의 헌신 또한 그와 같은 열애였음이 분명하다. 미망인은 어디 한 번 마음 편하게 놀러가지도 않고, 심지어 말년에 걸음이 불편하여 겨우 이른 화장실에서도 책을 읽고 있던 선생이 불쌍하다고 울먹였다. 필자는 그러한 선생의 모습에서 가장 좋아하고 가장 잘 할 수 있는 일에 혼신의 열정을 바친 위대한 학자의 정신과 예술혼을 보았다. 그처럼 집중하고 몰두하지 않고서 어찌 한 세기의 에포크를 긋는 불세출의 문필이 탄생할 수 있었겠는가 말이다.

지난 10여 년 간 필자는 선생을 대학원 강의에 모시기도 하고, 이병주기념사업회 일로 선생과 지근거리에 있기도 했다. 또한 선생과 공동 명의로 10여 권의 책을 편찬하기도 했다. 필자가 미국 강연을 간다고 했을 때, 선생은 사람을 시켜 왕유의 이별 시 '송별送別'을 육필로 적고 노잣돈을 보태어 보냈다. 거기 '가는 도중 주막에 들리거든 목이나 축이시오'란 메모가 들어 있었다. 지금도 책상 위에는 월평을 쓸 신간 문예지가 도착해 있고 원고지와 펜이 준비되어 있다는 선생의 문학정신 앞에 애써 눈물을 참고 옷깃을 여미며 평소의 존경과 사랑을 다하여 명복을 빈다.

이주자의 삶, 그 고난과 성취의 도정

— 천취자 장편소설 『한을 바람으로 띄우고』

    곧 돌아오마 손짓하고 떠나온 고향을 다시 돌아가지 못한다면, 어떻게 해야 할까? 그렇게 보낸 세월에 홍안의 소년이 백발 성성한 노인이 되었다면, 그 세월의 의미는 무엇일까? 주효酒 肴가 맛을 잃은 마당에 벌레 우는 가을이나 벌판에 눈 덮인 달밤이라도 그 단절의 정황보다 더 처연하기 어려울 것이다. 이는 자신의 생애가 시작되면서 보아오던 산천초목과 문전옥답을 떠나 객지를 떠돌며 살아야 하는 이주자들의 형편을 말한다. 고향과 가족을 그리워하는 일은 이렇게 가슴 아픈 인생사의 한 곡절曲切이다. 일생을 떠돌이로 살았던 두보杜甫의 방랑시들이 명편인 것은 그로 인한 공감의 깊이에서 말미암는다.

타의에 의해 고향을 떠나고 가족과 이별한 사람들의 거주지 또는 그 이산離散된 상황을 일러 디아스포라diaspora라고 한다. 이 용어는 그리스어에서 온 말로, 원래는 유대인의 역사적 사실史實에서 비롯되었다. 오늘에 와서 글로벌 시대의 어의語義가 지칭하는 바와 같이 여러 민족이 자국의 외역으로 흩어져 살면서, 그러한 분산의 상황을 디아스포라라는 이름으로 부른다. 남북으로 나누어지고 해외 각국으로 흩어진 한민족 디아스포라도, 이와 같은 호명법에 결부되어 있다. 디아스포라의 강제된 슬픔과 아픔을 표현한 문학이 디아스포라 문학이다. 그리고 지금 여기서 우리가 살펴보는 천취자 장편소설 『한을 바람으로 띄우고』는 그 한 범례에 해당한다.

물론 이 소설은 천취자 스스로의 삶과 체험을 담은 것이 아니다. 한국에서 미국으로 이주하여 파란만장한 인생사의 굴곡을 노정한 여러 사람들의 이야기 가운데, 특히 손혁자와 최석은 양자를 중심으로 그 이민살이의 바탕과 곡절들을 세미하고 설득력 있게 그려낸 창작품이다. 이들의 다양 다기한 생애의 형용들은 기실 그들만의 것이 아니라, 미국 내부의 한국 이민 사회가 겪고 있는 갖가지 경험적 현상들을 반영하고 있다. 동시에 소설을 쓴 천취자 작가 역시 한국을 떠나 미국에서 살면서 이들의 이야기를 소설로 썼으니, 소설적 이야기의 중심인물이나 창작자가 모두 디아스포라 문학의 자장磁場 안에 있다고 할 수 있다.

소설 속의 손혁자와 최석은은, 최석은이 손혁자의 딸 강정윤의 교사로서 만남을 이룬다. 고등학생인 강정윤이 임신을 하는 문제적 상황이 발생하자 함께 자리를 하게 되었던 것이다. 손혁자가 하층민의 삶을 사는 이주자이면서 끈질긴 생명력을 보여주는 반면에, 최석은은 미국 이민사회에서 안정적인 지위를 확보한 유복한 환경에 있다. 그러나 그럼에도 불구하고 두 사람의 일생이 평탄하고 조화로울 수만은 없다. 거기에 눈에 보이거나 보이지 않는 온갖 간난신고艱難辛苦가 직조물의 씨줄과 날줄처럼 얽혀 있는 것이다. 이들의 삶이 소설로 치환된 그 이야기들은 그러기에 저마다 새로운 모습을 띠고 나타난 '여자의 일생'이라 호명할 수 있을 터이다.

여기서 우리는 무엇보다도 앞서서 왜 천취자라는 문필가가 이들 지인知人들의 곤고한 체험을 소설로 치환하려 했을까를 점검하는 일이 필요하다. 천취자 선생은 시인이며 화가다. 평소 소설을 써 온 사례가 없다. 이 책의 출간을 논의하면서 그가 필자에게 말하기로는 이 두 사람의 삶에 대한 기록을 정리하여 소설 형식으로 간수해 두었고 그 세월이 오래이며 이를 그대로 묵혀둘 수 없다는 압박감에 시달려 왔다고 토로했다. 어쩌면 그도 본의 아니게 이 소설 담화의 내용을 습득한 후에 알 수 없는 강박과 책임감을 떨쳐버리기 어려웠던 것 같다. 이는 이를 테면 문필가로서의 사회적 도의심이며, 이와 유사한 경우를 사람들은 '작품과의 운명적 만남'이라 언표言表한다.

이 소설의 독자를 위한 안내의 글을 쓰면서 굳이 필자가 이야기를 설명하거나 요약할 필요는 없을 것 같다. 소설이 독자와 만나는 가장 좋은 방법은 맨 얼굴 그대로의 소설을 대하는 것이며, 더욱이 작가가 친절하게도 '작품에 대하여'라는 항목에서 독자와 작가 사이에 효율성 있는 다리를 가설해 두었기 때문이다. 소설이 두 가정이 보여주는 가족사의 바탕 위에 서 있는 까닭으로, 숱한 인물들이 등장하고 있다. 이는 얼핏 신약 성경의 첫머리처럼 '낳고…낳고'의 반복을 떠올리게 한다. 성경에서도 그것이 '시대'를 넘어서는 '역사'의 예표이듯이, 이 소설의 가족사 또한 그처럼 황량한 불모의 땅에서 새로운 생명을 이어가는 이주자 삶의 역사를 보여준다 할 것이다.

앞서 언급한 바처럼 이 소설은 손혁자와 최석은의 시대적 삶을 상술함으로써, 미국 내 한인들이 어떤 하층민 또는 상층민의 사회를 형성해 나갔는가를 현시顯示한다. 동시에 과거와 현재의 담론을 교차하여 진행함으로써 중층적이고 입체적인 방식으로 이야기의 전개를 꾸려 간다. 그런가 하면 손혁자와 최석은의 이야기가 따로 별개의 국면으로 서술되지 않고, 두 인물이 처한 상황이 병렬되어 전개됨으로써 구조적 긴밀함과 서사적 통일성을 도모한다. 그리하여 소설 전체의 이야기가 상호 조응하여 글 읽기의 재미를 유발하고 있다. 두 인물을 중심으로 한 전기적 실화들의 조합을 통해, 디아스포라적 배경을 가진 완결된 작품 한 편을 추수한 경과인 셈이다.

다만 이 소설이 '사실성'에 대한 중압감으로부터 좀 더 자유로웠으면 하는 후감이 남아 있다. 그만큼 중심인물들의 생애 현장을 목도한 '증언자'의 의무감이 무거웠을 것이다. 미국의 9·11 테러나 한국의 유교문화 등에 대한 너무 세부적인 묘사도 일견 소설적 이야기의 흐름을 약화시키는 측면이 없지 않다. 하지만 세계 제일의 문명 도시 뉴욕에서 펼쳐진 이주자들

의 삶과 고난, 꿈과 소망, 희로애락의 온갖 편린들을 이와 같은
한 편의 소설로 형상화 한 공로는 오로지 작가 천취자의 몫이
다. 이 소설이 한국과 미국에 걸쳐져 있는 우리 모두의 모습을
함께 돌아보고, 그 아픔과 슬픔과 외로움을 공감하며, 앞으로
의 날들에 대한 격려의 메시지로 읽힐 수 있기를 기대해 본다.

소설로 쓴 가면극 자서전

— 김국이의 『삶과 사랑의 풍경』

　김국이 작가는 필자가 재직하던 경희대학교 대학원에서 문학 공부를 했다. 시집과 문집 등 이미 여러 권의 단행본을 상재했으며, 또 여러 문인 단체의 책임 있는 역할을 해 왔다. 이번에 새롭게 내놓는 작품집 『삶과 사랑의 풍경』은 한편으로는 소설의 형식을, 다른 한편으로는 에세이의 형식을 가졌다. 소설이라 하는 것은, 각기의 짧은 이야기들이 분절되어 있으면서 연관성과 계속성을 갖는 서사적 특성을 말한다. 에세이라 하는 것은, 그 서술의 전개에 있어 일상생활의 여러 모양을 가감 없이 드러내 보여주는 글쓰기 방식을 말한다. 어쩌면 이 작가가 지금까지 보지 못했던 문학 장르의 실험적 글쓰기를 시도하고

자 했는지도 모른다.

　우선 이 책의 소설적 면모부터 살펴보기로 한다. 모두 4부에 걸친 짧은 담화들은, 각기 중심인물의 이름이 다르다. 그것은 영어 알파벳 또는 생면부지의 이니셜로 이름을 내건다. 이를테면 각 담화의 주인공 이름이 다 다르다는 뜻이다. 그러나 이 책의 시종始終을 통독해 보면, 그 주인공들은 모두 같은 사람이며 작가 자신의 자전적 삶의 행적을 담아내고 있음을 알 수 있다. 작가는 여러 인물 유형을 암시하되, 그 묘한 레토릭을 통해 자신의 다층적 속내를 펼쳐 보이려 하는 듯하다. 작가 자신이되 스스로 그 명호名號를 감추고 있다. 그러면서 흉중에 잠복해 있는 언어들을 육신의 외부로 토설한다. 작가가 마침내 이를 추동할 유익한 통로를 찾은 형국이다.

　우리는 여기서 '나'의 자전적 이야기이건만 이를 그러하다고 말하지 않고, 굳이 중층적 발화구조를 매설하여 숨기려 한 이유가 무엇인가를 질문하지 않을 수 없다. 적절한 비유가 될 수 있을지 모르겠으되, 그 해답을 우리 전통문화의 가면극假面劇에서 목도할 수 있지 않을까 한다. 가면극은 연기자의 일부 또는 전원이 얼굴에 가면을 쓰고 등장하여 연출하는 공연예술로 가

면희假面戱 또는 탈놀음이라고도 한다. 이 오래고도 활달한 퍼포
먼스는 서민의식의 성장과 궤軌를 같이하고, 힘없는 다수가 힘
있는 소수를 비판하며 풍자하는 얼굴 숨기기 놀이였다. 작가는
자기 생애의 주요한 변곡점들을 제3자의 이름으로 반추하면
서, 그것을 편안하고 자연스럽게 주위와 나눌 수 있기를 기대
하는 것 같다.

　이 책의 전반에 담긴 이야기는, 기실 작가의 전 생애를 함축
적으로 반영하고 있다. 어린 시절의 추억, 성장 과정의 기억, 결
혼과 현실 생활, 자녀들의 성장과 그에 따르는 기쁨과 힘겨움
등이 다양다기한 파노라마처럼 펼쳐져 있다. 그 생애의 이른바
중간보고서 또는 중간결산서에 해당하는 기록이 될 수 있을 것
같다. 그런데 여기에는 불필요한 근엄함이나 쓸데없는 과장 또
는 미화가 없다. 작고 소박하지만 소중하기 이를 데 없는 인생
사의 발자취들이 자분자분한 이야기로 살아 숨 쉬고 있다. '소
설로 쓴 가면극 자서전'이란 이 발문의 제목은 그런 연유에서
붙여진 것이다. 그러기에 작가에게는 작은 글 하나하나가 자신
의 분신과도 같을 것으로 여겨진다.

　이 책의 문면을 관류하며 지나가는 가장 강렬한 주제는 가족

에 대한 무한대의 사랑이다. 기억 속에 각인되어 있는 어린 시절과 어른들, 평생 우호와 사랑과 감사의 대상인 남편, 이제는 성가成家의 단계에 도달한 자녀들이 이 작가에게는 도저한 삶의 목표요 어쩌면 하나의 신앙같은 것인지도 모른다. 우리가 당면한 세태의 모습이 점점 더 핵가족화하고 가정공동체의 미덕이 헌신짝처럼 버려지고 있는 실상에 비추어 보면, 이 고색창연한 가족 의식은 새삼스럽게 귀하고 아름답게 느껴진다. 어떤 다른 주의 주장을 가진 누군가가 이 작가를 비판한다고 할지라도, 작가는 행복한 사람일 시 분명하다. 미상불 이러한 가족관은 '나는 애국자다'나 '나는 베토벤을 좋아한다'고 말하는 것처럼 용기를 수반해야 가질 수 있는 세상이 되었다.

작은 글, 짧은 이야기들의 연합으로 연작소설의 형용을 한이 책은, '작가의 의도를 숨겨 놓은' 이니셜 주인공을 통해 앞으로 나아간다. 그 주인공의 의식과 행위를 서술하는 화자는 3인칭의 전지적 작가 시점에 의거해 있다. 짧기로 하면 한 페이지를 넘기지 않는 초단편超短編이나 스마트소설도 시류를 형성하고 있으니 짧은 것을 시비할 이유는 없다. 그 짧은 분량을 통하여, 이니셜로 표현된 작가의 분신이 자기 경험의 객관화에 설득력을 얻을 수 있다면, 이 소설적 실험은 뜻이 있다. 평면적이고 구태의연한 이야기의 전개를 버리고, 가면을 쓴 익명의 연희자처럼 표현 방법에 있어 다른 형상과 다른 언어를 연출할 수 있다면 이 소설의 기술은 제 소임을 다한 것이 된다.

　이 책의 1부에는 '기쁨'이란 제목이, 2부에는 '빙그레란 별명을 얻다'란 제목이 부여되어 있다. 3부에는 '아이가 집을 나가고'란 제목이, 그리고 4부에는 '밀가루 미끄럼 놀이'란 제목을 붙였다. 이 소제목들에 동원된 언어들은 모두 난해하거나 복잡하지 않다. 사소하지만 귀한 세상살이의 절목들, 일상의 문학이요 문학의 일상을 짐작하게 하는 의미망으로 구성되어 있다. 「작가의 말」에서 '누구에게나 읽혀 거울로 삼을 글들'을 쓰기 위해서 '즐거운 고민'을 해 보겠다는 작가의 의욕은 미덥고 청신하다. '작은 것이 아름답다'는 경제학의 언표나, '짧은 이야기의 여운이 더 길다'는 스마트소설의 논리가 문득 김국이 작가의 이 책에 겹쳐 보이는 것은 아마도 우연이 아닐 터이다.

시와 더불어 값있고 행복한 길

— 최창일의 신작시 5편

최창일은 인본주의적이며 동시에 자연친화적인 문필가다. 그런가 하면 깊이 있게 기독교 사상에 침윤한 시인이기도 하다. 이 계절에《창조문예》에 수록된 신작시 5편을 읽으면서, 필자가 범박하게나마 그의 이력을 살펴본 다음에 얻은 결론이다. 그의 이름을 달고 세상에 나와 있는 시집, 시화집, 칼럼들이 그렇게 가리키고 있다. 오랜 기간을 두고 글과 함께 살고 시를 지으며 건너온 그의 세월에, 그 삶의 행적과 문학의 면모가 적층되어 있는 터이다. 필자가 새롭게 읽은 시들 또한 그와 같은 존재 증명의 한 모습이었다. 대체로 그의 시는 신과 인간이 갖는 수직적인 관계, 그리고 인간과 인간이 갖는 수평적인 관계를 동시에 탐색하고 있었다.

「잊을 수 없는 견갑골」은 '신에게 달려가는 것들'의 '세미한 결'을 관찰한다. 건반을 두드리는 견갑골은 우선 연주자의 몸에 해당한다. 그런데 그 견갑골의 연주가 반복되어 '마음을 투명케 하고 내면을 빚은 연주'에 이르면, 문득 '창조와 진화는 신의 견갑골에서 시작'되었다는 레토릭을 이끌어 온다. 신과 인간의 상관성이 어느 순간 피아일체의 지경에 이르는 단계, 거기에 시인의 마음이 숨긴 보화가 있다. 이 논리로 밀고 나가면, 세상사 어디에도 그와 같은 초월적 인식의 힘이 미치지 않는 곳이 없다. 「가벼워지는 힘」에서는 '고민하는 운동장을 힘껏 달려보는 것'을 통해 '가벼워지는 것이 힘'이라는 사실을 각성한다. 객관적 언어의 의미로서는 해명되지 않는 지점, 시인은 문득 눈앞의 현실세계와 형이상의 의식체계가 조화롭게 만나는 광경을 목도한다.

그런데 이 절체절명의 순간이 어느 날 영감靈感이나 섬광閃光처럼 찾아오는 것이 아니다. 그러기에 그가 의지하고 있는 신도 '범사凡事'를 강조해서 가르쳤다. 중요한 일은 사소하고 연약한 것 가운데서 소박하지만 소중한 것을 찾아내는 마음의 동향動向이다. 그래서 시인은, 「시시하지 않은 것들의 노래」에서 '시시한 것까지 사랑하는 것'이 '시시하지 않은 사랑'이라는 원리를 발굴해 낸다. 「민들레 감상법」에서는 이 원리를 자연 풍광 가운데 정초定礎했다. '먼 길 나서기 위해 사뿐히 가벼워진' 민들레는, 앞서의 시에서와 같이 현상의 저 너머를 관통하는 시인의 눈길을 증거한다. 이러한 언어도단심행처言語道斷心行處의 논법은 그 사실이 길거나 복잡해서는 소기의 목적을 달성하기 어렵다. 시인 자신이 감각하듯이, 그의 시가 압축되고 짧아지는 이유다.

「끌림의 능력」에서는 시인의 의식이 왕래하는 시공간이 한결 유장悠長하고, 시적 표현의 대상이 갖는 외형적 분량이 한층 자유로운 형국이다. 이러한 시적 운동 범주는 사태의 핵심을 보아버린 견자見者나 그 심층을 판독한 각자覺者의 활달함을 반증한다. '보이는 것의 외면보다 내면의 진실'이 더 값을 얻는, '투명의 사리'가 커가는 '마음의 나라'가 시인의 것이다. 이는 시인이 개간하고 육양한바 '끌림의 능력'이란 호명을 얻었다. 「시작여담」에서 시인은 시의 길을 두고 '더 나은 내가 되는 길'이라고 적었다. 이럴 때의 시인은 보람되고 행복해 보인다. 그

언술을 따라 그의 시를 읽는 독자들도 함께 그러할 것이라는
믿음을, 이 시편들이 우리에게 공여한다.

자연친화의 눈과 겸허한 심령의 노래

— 이상임 시집 『꽃 진 자리의 기도』

    이상임 시인의 첫 시집 『꽃 진 자리의 기도』를 필자는 설레는 마음으로 읽었다. 시종일관 이렇게 순수한 시각으로 경물景物과 풍광을 바라보고 그 풋풋한 감상을 시적 언어의 표현으로 옮길 수 있을까? 이렇게 순전한 기도의 마음으로 주위와 사람을 감각하며 그 무구無垢한 심정적 동향을 시로 노래할 수 있을까? 그래서 필자는 무릎을 치며 이렇게 결론을 내렸다. 이 시인의 경우는 타고난 성정性情과 세상살이 가운데 체득한 삶의 인식이 한가지로 순후하여, 그것이 시라고 하는 문예장르로 전화轉化될 때에는 바로 이러한 유형을 갖게 되는 것이로구나. 그런데 그 깨우침의 느낌은 상쾌한 새벽의 여명黎明처럼, 또 삽상

한 가을바람의 숨결처럼 흔쾌하고 기꺼웠다.

이상임 시인은 수학修学 과정에서 다른 분야를 학습했으나, 어느 날 문득 소설이 쓰고 싶어서 문학 쪽으로 눈을 돌렸다. 사람들이 살아가는 세상의 이야기를 구조적인 담론으로 담아내는 소설미학의 매혹이 그에게 선물처럼 다가왔던 것이다. 그러나 그는 소설 창작자의 자리에 안주하지 못했다. 언어를 통한 함축적 노래, 비유와 상징의 담화, 그리고 심리적 메타퍼와 엠비귀이티의 세계가 그를 사로잡은 까닭에서다. 그리하여 마침내 그는 시인이 되었고, 연륜이 오랜 문예지를 통해 문인의 반열에 자신의 이름을 신고했으며, 오늘에 이르러 그동안 지속적으로 써 온 시를 묶어 이 시집을 상재하는 지점에 도달하게 되었다.

이 시인은 근자에 문학모임에서 산문을 쓰고 시를 쓰는 문우들과 교유하며 자신의 문학 행로를 걸어가고 있다. 그 문우들과 두 차례에 걸쳐 '동인同人' 산문집을 내기도 했다. 이상임의 시에는 두 가지 특징적인 계보가 있다. 하나는 자신의 시가 가진 풍모와 같이 소박하고 조출하며 아름다운 자연 경관을 노래하는 시다. 다른 하나는 자신의 삶과 그 가운데 소중하게 가꾸어 온 신앙의 고백을 함께 바라보는 믿음의 시다. 이 양자는 서로 별개로 존재하는 것이 아니라, 여러 시편들의 문면을 통해 자유롭게 만나고 조화롭게 악수하며 둘이 결부되어 뜻깊은 하나가 되는 결실을 시의 표면으로 밀어 올린다.

제1부의 '꽃과 나무의 노래', 그리고 제2부의 '인생길 여러 풍광'은 주변에 편만遍滿한 우주자연의 여러 존재태로서 꽃과 나무의 내밀한 속삭임을 노래하고 그것이 스스로 걸어온 인생길의 다채로운 풍경화 가운데 어떤 의미로 잠복해 있는가를 노래한다. 그가 만나고 호흡하고 습득하는 자연은 그 자신의 내부에 있기도 하고 외부에 있기도 하다. 이처럼 자유롭게 개방된 인식의 기제機制를 장착하고 있다면, 시가 쉬워질 수밖에 없고 그 노래가 부드러울 수밖에 없으며 그 도정道程에서 전개되는 시적 여정이 단단하면서도 값있는 것으로 드러날 수밖에 없을 터이다. 작고 여린 것들의 힘, 한 발 물러선 자의 품성이 보여주는 아름다움이 그 가운데 있다.

제3부 '주님 손길이 머문 곳'과 제4부 '꽃 진 자리의 기도'는 그야말로 진솔하고 간곡한 신앙 시편들이다. 그에게 있어 신은, 하나님은 어떤 분일까? 그는 하나님으로부터 어떤 음성을

듣고 어떻게 이를 삶의 현장에 적용하며 또 시의 문면文面에 떠올리는 것일까? 이와 같은 질문에 대한 답변은 그다지 어렵지 않다. 곧 그의 이 자리에 있는 시들 가운데 해답이 있다. 그의 하나님은 완고하거나 까다롭지 않으며, 늘 소통 가능한 거리에 있고 온 영혼을 다 기울여 달려가도 넉넉한 품의 존재양식을 가졌다. 그가 하나님을 정성을 다한 언어로 섬기는 이유다. 그런 이유로 그의 이 염결廉潔하고 절실한 믿음의 시적 모형들은 그 자신의 행복이면서 시시때때로 하나님께 드려지는 작은 제례祭禮에 해당한다.

시인은 이 시집의 표제를 제4부의 소제목 '꽃 진 자리의 기도'에서 가져왔다. 꽃이 진 자리라는 것은 대체 무엇을 말할까. 꽃이 인생사의 가장 큰 영화榮華요 빛나는 대목이라고 한다면, 그 꽃이 진 자리는 잔치 뒷날의 고적孤寂처럼, 지금까지의 더운 열정으로 점철된 시간들을 되돌아보는 겸허한 회상의 자리다. 그런데 누가 있어 이를 알랴. 바로 그 자리야말로 보다 성숙하고 웅숭깊은 삶의 지혜와 더욱 견고하고 힘 있는 심령의 기도가 발현하는 곳인 것을. 그 곳은 새로운 소망의 땅이요 새 역사役事의 시발을 약속하는 출발점이며, 죽음의 시간을 부활의 시간으로 바꾸는 황홀경의 증언대다.

　이처럼 산뜻하고 아름다운 첫 시집의 출간을 진심으로 경하하며 축복해마지 않는다. 세상살이의 연륜으로나 내면의 언어를 드러내는 경륜 모두에 있어, 앞으로 이 시인의 길이 순정한 시와 결곡한 믿음으로 가일층 빛나기를 함께 겸허한 마음으로 기도드린다.

말과 글의 사랑에 목숨을 걸던 때

〈말모이〉란 영화가 있다. 2019년 1월에 개봉했고 2월 초까지 누적 관객 300만 명을 넘겼다. 시대적 배경은 1940년대 일제강점기의 한글 말살 정책이 극도에 달했을 때다. 우리말 사전을 만드는데 명운을 건 사람들이 등장한다. '말은 민족의 정신이요 글은 민족의 생명입니다.' 이 영화의 주제를 압축하는 명대사다. 그런데 정작 관객들을 감동하게 하고 눈시울을 훔치게 하는 힘은 그러한 당위적 논리보다 이를 묘사하는 인물들의 아프고 슬픈 가족애요 인간애에서 온다. 모든 명편의 영화가 그러하듯이, 정서적 감응력이 앞서면 이론적 설득력은 자연스럽게 뒤따르게 된다.

영화 제목 '말모이'는 '우리의 말과 마음을 모은다'라는 뜻으로, 그 정치적 혹한의 시기에 조선어학회가 편찬하고자 했던 사전의 이름이자 사전에 수록될 말을 모으는 운동이었다. 영화 밖 실제의 의미로는 '우리나라 최초의 국어사전으로, 주시경 등이 1910년 무렵에 조선광문회에서 편찬하다 끝내지 못한 사전'이라 기록되어 있다. 그로부터 반세기가 지난 1957년, 조선어학회가 여섯 권으로 완간한 〈큰사전〉의 원고가 이 '말모이'였다. 우리나라 사람이 편찬한 최초의 국어사전은 1938년 문세영의 〈조선어사전〉인데, 그 이후 지금까지 1999년 국립국어연구원의 〈표준국어대사전〉을 비롯한 여럿이 있다.

오늘에 와서는 남북한이 함께 편찬하는 〈겨레말큰사전〉이 진행 중이다. 이는 국가의 공식적인 지원을 받고 있으니, '말모이'가 당대의 극단적인 탄압과 희생을 감수한 데 비하면 그야말로 상전벽해의 형국이다. 영화 속 탄압은 우리말이 점점 사라져 가던 1940년대 경성을 무대로 하고 있으니 당연하다. 극장 안내원에서 해고된 후 아들의 학비 때문에 가방을 훔치다 실패한 판수(유해진 분), 그가 직업을 얻기 위해 면접을 보러 간 조선어학회의 대표가 가방 주인 정환(윤계상 분)이다. 사전을 만드는 데 까막눈인 전과자를 채용한 터이다. 이 궁벽하고 어색한 만남은 그야말로 기상천외한 반전을 이끌어낸다.

판수의 좌충우돌 역할은 그가 난생 처음으로 글을 깨치고 우리말의 소중함에 눈뜨는 과정을 통해 말과 글이 어떻게 민초들의 가슴을 적시는가를 감동적으로 보여준다. 지식인의 화려한 변설로 견인할 수 없는 감격, 총칼 앞에 목숨을 던지는 자기희생의 사명감이 거기에 있다. 판수의 천진난만한 어린 딸, 일제의 폭력에 무자비하게 노출된 중학생 아들은, 이것이 우리 가족과 민족공동체의 이야기임을 환기한다. 그 엄혹한 시기에 일제의 감시와 압박에 맞서서 이러한 용기를 보여줄 수 있는 사람이 얼마나 되었을까를 생각해 보면 참으로 눈물겨운 시대사의 장면들이다.

말과 글을 전문으로 하는 직업인 곧 그 시대의 문인들은, 대체로 일제의 겁박에 굴복하거나 아니면 침묵을 지키고 절필絶筆을 선택할 수밖에 없었다. 극히 소수의 문인이 읽혀지지도 출간되지도 않는 작품을 은밀하게 쓰면서 모국어를 지켰다. 작가 황순원이 그 대표적인 경우다. 그는 일제 말 암흑기에 써서 석유상자 밑에 숨겨두었던 작품들을 묶어 해방 후에 〈기러기〉라는 단편집을 상재한다. 그런데 이 '소극적인' 저항운동의 연원淵源이 만만치 않다.

그의 부친 황찬영은 3·1운동 때 평양 숭덕학교 교사였고 태극기와 독립선언서를 배포한 일로 1년 6개월 옥살이를 했으며, 황순원 자신도 첫 시집 〈방가〉를 조선총독부의 검열을 피해 동경에서 간행한 일로 29일 간 구류를 살았다. '말모이'나 여러 국어사전, 그리고 황순원 문학은 모두 외세의 부당한 억압 속에서 민족의 정신과 말과 글을 수호한 '지킴이'였고, 올곧은 저항정신의 시대적 표현이었다. 이 영화를 '강추'하는 이유다.

'문학수도' 하동

글을 시작하면서 이런 우스갯소리를 먼저 해도 될지 모르겠다. 오늘날 우리 시대를 '3포시대'라 부르는 사람들이 있다는 것이다. 이때의 3포는 세 가지를 포기한다는 의미의 '3抛'이다. 젊은이들이 경제적 어려움 때문에 연애포기, 결혼포기, 출산포기의 풍조에 쉽사리 동화된다는 말이다. 미상불 혼수나 육아의 비용이 일반적 상식을 넘어가는 형편이고 보면, 부모로부터 물려받은 재산이 없는 젊은 세대가 비교 열세의 중압감을 벗어나기 어려운 형국이 되고 말았다.

그런데 이와는 다른, 매우 서정적이고 기분 좋은 개념을 가진 '3포'가 있다. 산과 강과 바다가 함께 인접해 있어서 물산이 풍부하고 경치가 아름다운 고장을 '3포지향'이라 한다. 이때는 세 가지를 모두 갖추었다는 의미의 '3抱'이다. 명산 지리산, 명강 섬진강, 명해 다도해를 함께 끌어안고 있는 경남 하동이 그 대표적인 지역에 해당한다. 여기에는 먹거리, 볼거리, 체험거리가 풍성하여 사시사철 사람들의 발걸음이 끊이지 않는다.

지자체 하동군은 스스로의 향리를 '문학수도'라 명명하고 이태 전 그 선포식을 가졌다. 한반도 남부지방의 작은 도시가 '수도'라는 호명을 사용하는 것은 얼핏 무모하고 우스워 보인다. 그런데 실제 내면을 유심히 들여다보면 그럴만한 연유와 자격이 없지 않다. 예로부터 많은 선비와 시인묵객들이 지리산 자락 수려한 하동의 산수경관에 의지하여 이름난 문장과 글씨를 남겼다. 점필재 김종직의 제자로 무오사화 때 유학의 정명주의正名主義 표본으로 남은 탁영자 김일손 선생도 그 한 사례에 해당한다. 이 어른은 필자의 직계 선조이다.

현대문학에 있어서는 김동리, 이병주, 김병총, 정공채, 정호승 같은 걸출한 문인들이 하동을 출신지로 하고 있다. 영남과 호남의 물산이 서로 만나 교류하던 유서 깊은 화개장터에는 김동리의 소설 「역마」를 기리는 표지석의 기록이 있다. 화개장터가 곧 소설의 무대인 까닭에서이다. 섬진강을 넘어가면 전라도 땅인 강변이다. 그 산곡 입구 아담한 자리에 판을 벌인 장터는, 지금도 많은 여행자들의 발길을 유인하는 명물 저자로 생동한다.

이병주는 하동이 낳은 불세출의 작가이다. 모두 80여 권에 이르는 그의 소설은, 하동에서부터 시작하여 인근의 도시 진주와 부산, 그리고 나라의 영역을 넘어 동북아와 세계를 향해 무대를 넓혔다. 그의 소설에 등장하는 H읍은 곧 하동읍이다. 그는 1921년 하동군 북천면에서 출생했고 일본 메이지대학으로 유학했으며 재학 중 학병으로 끌려가 중국 쑤저우의 60사단에서 근무했다. 해방 후 돌아온 다음에는 진주 해인대학 교수와 부산 국제신보 주필 겸 편집국장을 지냈다. 5·16 이후 필화사건으로 복역한 이력을 거쳐 40대 초반의 늦깎이로, 「소설·알렉산드리아」를 『세대』지에 발표하면서 문단에 나갔다.

작품 활동을 활발하게 하던 생전에, 그는 '한국문학의 정신적 대부'라는 별호를 얻었다. 그만큼 그의 작품은 '문·사·철文·史·哲'에 두루 걸쳐 박람강기한 식견을 자랑했고, 웅장하고 드라마틱한 이야기의 재미와 유려하고 감응력 있는 문장의 기량으로 당대 최고의 베스트셀러 작가이기도 했다. 『관부연락선』
『산하』 『지리산』 『그 해 오월』 등 한국 현대사를 배경으로 한
작품, 『바람과 구름과 비碑』처럼 왕조시대를 다룬 작품 등 역사
성 있는 소설문학은 그의 특징이 가장 잘 나타나는 장르라 할
수 있다.

　이병주기념사업회가 조직되어 작가를 기리고 그 문학세계를
재조명하는 사업을 시작한 지는 올해로 꼭 10년이 되었다. 봄
철 섬진강변에 벚꽃이 만개할 때면 이병주문학 학술세미나를
개최하고, 가을철 코스모스·메밀꽃 축제가 장관으로 펼쳐지면
이병주국제문학제와 이병주국제문학상 시상식 행사를 개최한
다. 이 문학제들은 한국 문단의 여러 문인들이 대거 참석하고
중국·대만·일본·동남아시아 각국의 저명한 작가들이 초청되
어, 결실 있는 국제 문학행사로 자리를 잡았다. 이러한 면모는
하동을 문학수도가 될 수 있도록 부양하는 주요한 요인 중 하
나이다.

　이와 함께 문학수도 하동을 쌍끌이 그물망처럼 견인하는 또
하나는 문학 축제는 악양면 '최참판댁'의 토지문학제와 그 바
탕을 이루고 있는 박경리의 문학세계이다. 전란을 중심으로 한

격변의 시대사, 더 거슬러 올라가 봉건사회로부터 당대에 이르기까지 통시적인 시각으로 역사의 굴곡을 훑으며, 이 와중에 부침한 인간의 삶과 그 다양 다기한 국면을 소설로 치환한 것이 박경리의 문학이다. 그리하여 그의 『토지』는 어느덧 한국문학의 '어머니'와 같은 존재로 부상했다. 이 대하장편의 세계와 형상화의 배경을 구체적 모형으로 거느린 곳이 바로 최참판댁이다.

가을이 깊어가는 시기에 이곳에서 열리는 토지문학제는 경향 각지에서 수많은 문인들의 이목을 집중하게 하고 또 실지로 발걸음을 옮겨 이 문학의 고장을 찾도록 유혹한다. 문학의 향기에 취하고 가을꽃과 단풍의 향기에 취하고 밝은 달빛 아래 함께 기울이는 술잔의 향기에 취하고, 마침내 가슴을 열고 마음을 나누는 사람의 향기에 취하는, 여러 차례 대취의 사태가 대책 없이 발생한다. 그리고 그 흥왕한 잔치마당의 한 복판에 이 축제의 프로그램을 이끌고 나가는 탈속한 형색의 한 남자가 있다. 그의 이름은 최영욱, 삼포지향 하동의 시인이다.

마음이 모질지 못한 그는 차밭에서 새순을 꺾는 일에도 죄스러워 한다. 항차 사람을 부르고 모으는 일에 있어서는 더 말할 나위도 없다. 그런데 그의 그러한 사람됨으로 인하여, 누구든 그의 호출을 받은 이는 논리나 핑계를 대지 못하고 쉽사리 무장해제를 하고 만다. 참으로 독특한 용인술이라 할 만하다. 그의 시는 그렇게 허허로운 서정을 끌어안고 있을 때 가장 빛난다. 하동의 경색이 그의 시를 추동하는지, 아니면 그의 시가 있어 하동의 산하가 정겨운 것인지 잘 알 수가 없다.

한 지역사회가 문학을 슬로건으로 내세우는 일은 그렇게 흔하지 않다. 또 그렇게 해서 이제는 이 세상에 없는 문인들을, 그 문학의 음유한 힘을 세상 속으로 불러내는 일은 전혀 흔하지 않다. 그러나 일찍이 허만 멜빌의 『백경』이, 작가의 사후 탄생 1백주년 행사를 통해 다시 발굴되었듯이, 작가와 작품에서 인간사의 아름다움과 가르침을 도출하는 하동 군민들의 의욕은 선하고 보람찬 것이다. 이 일의 선두에 유연한 문학적 마인드를 가진 조유행 군수와 군의 직원들이 서 있다.

이렇게 관민이 함께 가치 있는 행사와 사업을 추진하는 범례는 다른 지역에서 두루 타산지식으로 삼을 만하고, 이러한 모델케이스의 성과가 전제되어 있기에 하동은 자기 고장에 문학수도의 화관을 씌웠다. 평사리 넓은 벌을 굽어보며 최참판댁

윗자리에 의연히 앉아 있는 한옥체험관의 대청마루에 서 보면, 누구라도 가슴 저 밑바닥을 두드리며 차오르는 문학적 흥취를 감각하게 된다. 수십 번의 설명으로도 충분치 못한, 명려한 산수자연과 역사적 실체로서의 문학과 이를 끌어안은 인간의 마음이 한가지로 융합하는 문학적 상상력의 세계가 거기에 있을 것이다.

그렇다. 사람을 감동시키는 힘은 크고 화려한 데에 있지 않고, 작고 소박하지만 참되고 소중한 데에 있다. 작가 이병주가 그의 세태소설 『행복어사전』에서 '미微에 신神이 있느니라'라고 적었던 이유는, 이 작고 소중한 것이야 말로 삶의 근간을 이루는 가장 기본적인 요소라는 생각에서였다. 인류 역사는 산맥처럼 기록된 창대한 사건들에 의해 지배되었을 법하지만, 실제로는 그 산맥을 높이 융기시킨 수많은 골짜기들에 의해서 모양과 태깔을 이루었다. 대해와 장강도 그 수백 개 산곡의 시냇물 물줄기가 없으면 마른 바닥밖에 남길 게 없을 터이다.

그러기에 하는 말이다. 문학수도 하동이 외형적 이름으로서가 아니라 내면적 실상으로서 수도가 되기를 원한다면, 공룡도시 서울과 같은 겉보기의 실적을 뒤쫓지 말고, 진정으로 작은 하나의 의미 있는 실과라도 이를 소중하게 추수하는 마음 바탕을 지켜야 옳다. 사람을 소중하게 여겨 그 마음자리를 따뜻하게 돌보며, 문학이 가진 소수자의 지위를 귀하게 생각하여 거기에 정성을 다하는 '미微의 충실'이 오히려 정답이 될 수 있을 것이다. 하동의 관민과 지기지우 가운데 어쩌면 내 자리도 말석 어디쯤에 남아 있을 듯하여, 이렇게 부족한 필설을 보태는 바이다.

왜, 어떻게 소나기마을인가

— 문화 대담

◆ **일시** 2020. 5. 1. 오후 3시

◆ **장소** 양평 황순원문학촌 소나기마을

◆ **대담자**

　　김종회(문학평론가, 소나기마을 촌장)

　　손정순(시인, 월간 문화잡지 《쿨투라》 발행인)

손　소나기마을 근래 현황은 어떠신지요?

김　'코로나19' 사태로 지난 2월 24일 임시 휴관을 한 이후 내
부 정비에 주력했습니다. 이제 다시 5월 12일부터 개인 관
람객 대상으로 문을 엽니다. 77일이 지나는 동안 자연의
순환은 어김이 없어서, 소나기마을에는 봄꽃이 피고지고

방초芳草와 신록이 계절의 얼굴을 환하게 보여주었어요. 하루속히 이 펜데믹의 재앙이 지나가고, 만장滿場의 꿈이 현실화되길 기다립니다.

손 오늘 여기에 이른 소나기마을의 연혁을 좀 말씀해주시지요.

김 2003년 6월 양평군과 경희대가 자매결연을 맺고 그 부대사업으로 소나기마을 건립을 추진하기로 했었습니다. '국민단편'으로 호명되는 「소나기」의 무대 양평과 작가 황순원 선생이 23년 6개월 동안 교수로 있었던 대학이 함께 한 관학협력 문학관의 새로운 모델이었지요. 이어 황순원문학제가 시작되면서 중앙일보가 공동주최로 참여했습니다. 3년간의 콘텐츠 연구와 3년간의 공사 끝에 2009년 6월 13일 개장을 했어요. 그로부터 수년이 지나자 한국에서 가장 많은 유료입장객이 찾아오는 문학관이 되었습니다. 대체로 연간 13만 명 내외의 방문객이 황순원의 문학세계와 「소나기」를 현실공간에 구현한 소나기마을을 둘러보며, 순수와 절제의 소설미학을 음미하고 동심과 추억에 잠기는 문학 테마파크입니다. 현재 연건평 8백 평의 3층 문학관이 있고, 1만4천 평에 달하는 오솔길 산책로 등 야외 공원과 아직 개발하지 아니한 5천 평 정도의 군유지가 있습니다. 누구나 팍팍한 세상살이의 짐을 내려놓고, 한나절 또는 하루라도 자신을 되돌아보며 새 힘을 얻도록 하자는 것이 소나기마을의 생각입니다.

손 해마다 열리는 주요한 행사들은 올해도 그대로 열리는지요?

김 올해로 17회에 이른 황순원문학제와 9회에 이른 소나기마을문학상 시상이 가을 초입 9월 둘째 주에 있을 예정입니다. 물론 '코로나19'의 경과를 보고 결정을 해야겠지요. 연례행사로 연 2회 개최되는 첫사랑콘서트가 있고 일반 방문객 및 학생들이 참여하는 여러 종류의 상설 체험 프로그램, 「소나기」 연극, 징검다리 체험교실, 양평 문인과 함께하는 이야기 숨바꼭질 달력만들기 등의 사업과 행사를 준비하고 있습니다. 특히 지역 주민과 인근 학교의 학생들을 대상으로 하는 다양한 프로젝트들도 진행합니다. 소나기마을이 가진 수도권 근접성이나 작가 황순원 및 작품 「소나기」가 이끄는 네임 벨류도 중요하지만, 이와 같은 체험 프로그램 등의 콘텐츠가 지속적인 방문 또는 재방문을 가능하게 하는 원동력이 된다고 생각합니다. 이제는 문학관도 손을 놓고 찾아오는 사람을 기다리는 과거의 방식에서 과감히 탈피해야 한다고 봅니다.

손 소나기마을이 문학촌, 문학테마파크로서 가진 최대의 장점은 어떤 것일까요?

김 우리의 마음 갈피에 숨어 있는 애틋한 동심의 그림자, 세월 저 너머로 사위어 가버린 안타까운 첫사랑의 기억, 인간 본연의 선량함과 순수성에 대한 신뢰 등을 회복하는 재충전의 공간입니다. 정말 우리에게 소중한 것은 크고 훌륭한 일들이 아니라 작고 소박하지만 품위 있는 일들이 아닐까요? 그리고 인본주의 또는 인간중심주의에 바탕을 두고 있는 황순원 문학과, 그것을 자연 가운데 조화롭게 재구성한 문학마을을 직접 터치해 볼 수 있는 경험입니다. 문학관 내 전시실에서 만날 수 있는 작가의 서재와 필적과 생애의 흔적, 그리고 애니메이션 영상실이나 작가에 관한 다큐멘터리를 관람할 수 있는 소강당 등이 다채롭게 제 역할을 하고 있습니다. 무엇보다 숲속 곳곳에 정갈하게 정비되어 있는 작은 길목들이 놀터이자 쉼터의 역할을 하고 있습니다.

손 국민 단편 「소나기」의 의의와 동시대적 수용에 대해 말씀해주시지요.

김 작가의 연보에서 확인되는 바와 같이 「소나기」는 「학」이라는 수발秀拔한 작품과 함께 1953년 한국전쟁이 끝나기 직전에 발표되었습니다. 「학」은 전란의 여파를 그 가운데 담고 있으나 소나기는 그와 같은 시대현실로부터 차폐된, 시골마을에서 일어난 한 소년 소녀의 순수하고 아름다운 첫사랑 이야기입니다. 왜 작가가 전란의 포화가 분분한 가운데 이러한 내면 지향적이고 서정성 짙은 소설을 썼을까요? 아마도 인간이 어떤 경우에도 잊어버리거나 잃어버려서는 안 될 내면의 순수성과 소년 시절의 소중한 추억을 말하려 했던 것이 아닐까요? 거기에다 「소나기」는 깔끔하게 정제된 구성, 상황에 적절한 언어를 단출하게 운용하는 문체 등 황순원 문학의 특징을 그대로 보여주고 있습니다. 제가 대학 1학년 때 스승이신 황 선생께 이런 질문을 드린 적이 있습니다. "「소나기」는 선생님의 직접 체험을 그린 것인가요?" 선생의 대답은 간결했습니다. "그럴 수도 있고 그렇지 않을 수도 있지." 돌이켜 생각해보면, 지금도 얼굴이 뜨거운 우문愚問에 현답賢畓이었습니다. 소설 가운데 작가의 체험은 예술적 카타르시스를 거쳐 선택적으로 변용되는 것인데….

손 「소나기」는 한국문학에 있어 참으로 결이 고운 첫사랑 이야기를 가장 감성적인 방식으로 소설화한 작품이지요. 외국문학에는 이러한 작품으로 어떤 것들이 있나요?

김 네. 그렇지 않아도 지금 우리가 사용하지 않는 5천 평 야산 군유지에 세계문학의 첫사랑 모형을 만들어 보고자 그러한 작품의 조사연구를 심포지엄 형태로 수행한 적이 있습니다. 국내 유수한 대학의 영문과 불문과 교수들이 모여 진지하고 열정적으로 토의한 결과, 다음 세 작품을 선정한 바 있어요. 알퐁스 도데의 「별」, 생떽쥐베리의 『어린 왕자』 그리고 마크 트웨인의 『톰 소여의 모험』이 그것이었습니다. 그 외에도 일본판 「소나기」라고 지칭되는 이토 사치오의 『들국화의 무덤』 등 여러 작품이 검토되었으나, 최종적으로 세 작품을 선정했습니다. 「별」은 익히 아시는 바와 같이 너무도 서정적이고 가슴 설레는 작품이며 『톰 소여의 모험』도 어린 시절의 모험담과 사랑 이야기가 한데 어우러진 산뜻한 작품입니다. 『어린 왕자』는 사람과 사람 사이의 사랑은 아니지만 상상과 현실, 아이와 어른, 소행성과 지구 등으로 구분된, 자아와 세계가 처음으로 만나는 첫사랑의 서사를 담고 있지요. 앞으로 여력이 되는대로 소나기마을 인접 공간에 이 사랑 테마들의 조형을 시도해 볼 계획입니다.

손 소나기마을은 그렇게 여러 이야기, 또 인접한 이야기들을 담고 있는데, 그 스토리텔링은 어떤 것들이 있는지요?

김 우선 소설의 내용이 청신하고 감동적이며 종내는 가슴 아픈 헤어짐의 이야기이지요. 여기에는 많은 파생의 담화들이 작성될 수 있습니다. 예를 들어 지금 남폿불영상실에서 상영하고 있는 애니메이션 《그날》의 경우, 천국으로 갔던 소녀가 다시 돌아와 소년의 상처를 치유해주고 떠난다는 후일담을 그리고 있습니다. 2016년 문학과지성사에서 낸 짧은 소설 모음집 『소년, 소녀를 만나다』는 소녀의 사후 여러 시기에 걸친 소년의 삶을 '「소나기」 이어쓰기'라는 방식으로 작성한 것이지요. 그런가 하면 소나기마을 조성 당시에 황순원 선생과의 관련성을 두고 황 선생이 공부하던 평양을 거꾸로 읽으면 양평이다, 황 선생 사모님 양정길 여사의 양 씨가 양평과 같은 버들 양楊자다 등의 의견 제기가 있었습니다. 아울러 양평군은 양근군과 지평군이 합쳐져서 된 것인데, 양근楊根 곧 버드나무의 뿌리가 굳세고 잎은 부드러운 품성, 지평砥平의 날카롭게 벼리는 숫돌과 공평할 평의 어의語義가 외유내강했던 황순원 선생의 성격적 특성과 일치한다는 등의 풀이도 있었습니다. 근자에는 청춘 남녀가 두 번째 만남에서 소나기마을을 오면 그 사랑이 꼭 이루어진다는 속설(?)도 있습니다.

손 올해 소나기마을에서 정부로부터 영상 실감콘텐츠 제작비 10억 원을 지원받는다고 들었는데요?

김 네. 문화체육관광부에서 279개 국공립 박물관·미술관을 대상으로 한 공모였어요. 정부에서 5억 원, 양평군의 매칭 펀드 5억 원으로 10억 원입니다. 보통 문학관에 지원되는 프로젝트 예산이 많아야 1~2천만 원인데, 이는 획기적인 사업이라 할 수 있습니다. 전국 문학관 가운데 유일하기도 하구요. 실감콘텐츠 조성의 핵심은 '디지털 기술을 중심으로 한 전시콘텐츠'입니다. 야외 공간의 경우 기존 산책로에 AR_{Augmented Reality}(증강현실) 기술, 키네틱_{Kinetic} 조형물을 접목해서 단편소설 「소나기」를 실감 영상으로 재구성합니다. AR은 현실의 이미지나 배경에 3차원 가상 이미지를 겹쳐서 하나의 영상으로 보여주는 기술이며, 키네틱 조형물은 「소나기」의 정서를 상징적으로 표현하기 위한 것으로 기계장치와 자연에너지를 통해 작동하는 설치미술을 말합니다.

실내 공간의 경우 기존의 아날로그적 전시형태를 미디어기술 위주로 개선하는 사업으로, 프로젝션 맵핑_{Projection Mapping}과 인터렉티브_{Interactive} 기법을 활용합니다. 전자는 건물이나 물체 표면에 영상을 투사해서 실제로 존재하는 것 같은 가상 영상을 만들어내는 작업이며, 후자는 사용자가 다양한 접근방식으로 데이터나 명령어를 입력할 수 있는 '쌍방향'이란 의미를 가지고 있습니다. 이 실감콘텐츠가 완성되면, 국내 문학관 최초로 지금까지와는 전혀 다른 감성과 감동의 「소나기」를 접할 수 있게 됩니다. 예컨대 디지털 플로어를 걸어갈 때 징검다리를 밟으면 돌 주변 개울물이 파문을 일으키는 가상의 이미지를 연출할 수 있고, 디지털 꽃밭에서 꽃봉오리를 손으로 툭 치면 순식간에 만개하는 장면을 구성할 수도 있습니다. 그런가하면 어린아이 방문객이 그린 소의 잔등에 소년과 소녀가 올라앉아 느릿느릿 들판을 가로지르는 영상 연출도 가능합니다.

손 네. 정말 기대가 되는 설명입니다. 「소나기」는 그동안 여러 유형의 OSMUOne Source Multi Use를 생산했었습니다. 이는 이 작품이 가진 우수성, 지속성, 전파성 등을 한꺼번에 말해주는 현상이 아닐까 합니다. 그 사례들을 좀 말씀해주시지요.

김 그렇습니다. 아마도 「소나기」만큼 다양하고 많은 OSMU의 텍스트도 잘 없을 것입니다. 「소나기」를 모방하거나 유사한 패턴을 답습한 소설 작품들, 그리고 연극, 회화, 영화, 애니메이션, TV 단막극, 뮤지컬, 오페라, 콘서트 등 이루다 헤아리기 어렵습니다. 문제는 각기의 영역에서 각기 예술의 특성으로 얼마나 미학적 가치를 산출하느냐의 문제이겠지요.

손 앞으로 소나기마을이 계획하고 준비하고 있는 일들과 생각에 대해 말씀하신다면…?

김 작가 황순원과 소설 「소나기」를 중심으로 한 전시, 황순원 문학 다시 읽기, 작가의 작품에 대한 보다 심층적인 연구, 황순원 소설 용어 사전 편찬 등을 염두에 두고 있습니다. 더 나아가서는 소나기마을이 우리 국민 누구나 편안하고 기쁜 마음으로 찾아올 수 있는 휴식의 공간, 특히 어린이들과 초·중·고 대학생 모두에게 유익한 학습공간이자 놀이공간이 되는 문학마을, 그리고 지역 주민과 양평군민 누구나 아끼고 사랑하며 자랑스러워하는 희망의 장소가 되도록 정성을 다해 노력하겠습니다.

과거의 서정을 소환하여 미래를 열다

— 세대 통합을 호출하는 새 방식, 트로트 열풍

1. '내일은 미스트롯'이 점화한 전인미답의 길

소리 없이 흘러내리는 / 눈물 같은 이슬비 / 누가 울어 이 한 밤 / 잊었던 추억인가.

심야의 음악 프로그램에서 1970년대에 발표된 배호의 구성진 노래 〈누가 울어〉를 14세 어린 소년이 불렀다. 가수는 트로트 신동이라 불리는 정동원. 원곡으로부터 반세기가 지난 2020년 3월 12일 저녁 10시, TV조선의 '내일은 미스터트롯' 결승전에서의 일이다. 이 오디션의 마지막회에는 모두 7명이 진출했고 그 중 가장 연장인 장민호가 44세이니 30년 한 세대의 격차가 한 데 묶인 셈이다. 그러나 이날 방송은 투표 집계를 제

시간에 완료하지 못해 우승자 발표를 다음으로 미루어야 하는 '사고'를 냈다. 이와 같은 흠결이 있음에도 불구하고 '내일은 미스트롯'에서 출발한 이 경연 기획은, 한국 대중가요 역사에서 이제껏 볼 수 없었던 전인미답前人未踏의 새 길을 열었다.

공중파와 종편 전부를 압도하는 30% 이상의 시청률이 이를 증명한다. 우리가 익히 알다시피 트로트는, 새로운 시대의 음악에 밀려 고색창연한 전설처럼 시대의 지평선 너머로 이울어 갔다. 그 한 줄 한 줄의 가사가 동시대 사람들의 심금을 울리고 고달픈 삶을 위로하는 영향력을 발휘했음에도 불구하고 어느덧 잊혀진 '고운 노래'가 되고 말았다. 극히 일부 이름을 가진 이들을 제외하고는 트로트 가수가 설 땅이 사라졌고, 대다수는 비공식적이고 허약한 무대에서 '설움'을 달래야 했다. 이를테면 그 꿈결 같은 노래의 서정을 끌어안은 채 구세대의 상징이자 과거의 유물로 전락하고 말았던 것이다. 하지만 시절이 달라졌다고 해서 사람이 달라지는 것은 아니다.

그렇게 애틋한 트로트의 노랫말과 리듬은 사람들의 가슴속에 숨죽이고 있었을 뿐, 흔적 없이 사라진 것이 아니었다. TV조선의 '미스트롯'과 '미스터트롯'은 이 과거의 노래 형식을 오늘날의 무대로 불러내어 그 존재 값과 가능성을 새롭게 조명한 '대박'을 터뜨렸다. 그런 점에서 이 프로그램의 기획자에게 아무리 뜨거운 박수를 보내어도 지나치지 않다. 이제 시청자들은 임영웅·영탁·이찬원 등 주요 수상자들의 이름을 잊을 수 없게 되었다. 이들의 노래에서 '이야기'와 '눈물'을 공유하는 동안에 기준이 불분명한 심사평, 불필요한 늘이기, 얼핏 편파적으로 보이는 편집 등의 문제들이 묻혀 넘어갔다.

2. 여러 손길이 함께 발굴한 소통·공감의 방식

트로트를 두고 일정 부분 통속적이고 대중적이라고 보는 인식, 더 나아가 값싼 눈물을 강요하는 노래라는 생각은 소위 '고급' 음악과 비교해서 아주 틀린 말이라고 할 수는 없다. 그런데 이러한 수평 비교는 별반 의미가 없다. 운동 경기에도 올림픽에 나가 메달을 따는 '전문체육'이 있고, 동네의 근린공원에서 이웃과 함께하는 '생활체육'이 있지 않은가. 더욱이 트로트는 그 시대의 갑남을녀甲男乙女들을 위하여 일상생활에 밀착한 언어와 멜로디를 조합한, 이를테면 '육화肉化'한 감응의 형식이다.

누군가 '인생은 짧고 예술은 길다'고 했으되, 이 삶의 현장에서는 인생이 짧은데 항차 예술이 길 턱이 없지 않겠는가. 트로트를 생활음악으로 소중하게 받아들이는 까닭이 여기에 있다.

기실 필자의 경우 '미스트롯'이 진행되고 송가인·정미애·홍자 등의 새 히로인이 탄생하기까지 그다지 큰 감흥이 없었다. 그러나 '미스터트롯'으로 접어들면서 거듭 놀라지 않을 수 없었고 TV 화면을 바라보는 자세를 바로잡았다. 마치 7년 전 김진명의 역사소설 『고구려』가 3권까지 출간되었을 때, 화들짝 놀라며 침대에서 책상으로 책 읽는 자리를 옮겼던 것처럼. 무엇보다 이 프로그램은 출연자와 '마스터'라 불리는 평가자 그룹, 그리고 현장의 관객과 프로그램 밖의 시청자를 하나의 꿰미로 연계하는 합력合力 및 소통의 방식이 놀라웠다.

'미스터트롯'의 경우 '미스트롯'의 학습효과에 힘입어 1만 5천 명이 넘는 참가 지원자가 몰렸다. 첫 예선을 통과한 101명에서부터 최종 결선 7명에 이르기까지 서로 가슴 졸이고 낙담하며, 또 환호하고 즐거워하는 순간순간 감정의 정직성이 진솔하게 공유되고 있었다. 그런가 하면 대중가요에 전문성을 가진 '마스터'들은 왜 이들이 그 자리에 앉아 있는가를 구체적 증빙으로 보여주었다. 작곡가 조영수의 정확하게 핵심을 찌르는 논평, 그냥 잘 나가는 가수인 줄 알았던 장윤정의 트로트에 대한 깊이 있는 이해 등이 그러했다. 소위 '레전드'로 초빙된 선배 가수들의 활용, 프로그램의 흐름에 부응하는 청중의 반응을 유도하고 이를 카메라로 포착하는 영상 운영 등 시청률을 끌어올릴 요인들이 곳곳에 포진해 있었다.

3. 매체환경에 대한 대응, 타 방송으로의 확산

이 오디션 방송 프로그램을 통해 트로트 가수로 입신立身하겠다는 출연자의 출신 성분을 보면, 성악·국악·랩 등 여러 분야가 있고 현역 가수·개그맨·신동·아이돌 등 다양한 전력前歷이 있으며 태권도·격투기 등으로 자기 영역에서 정점頂點을 찍은 선수들도 있었다. 이들의 대진표와 단계별 대결 형식을 흥미롭게 작성하고, 그 과정에 있어 합숙 등 공동체 생활을 매설하며, 스포트라이트를 받는 출연자의 개인사를 자연스럽게 노출하는 등속의 기교를 보여주었다. 방송의 진행 또한 아슬아슬한 긴박 국면을 여러 모양으로 도입했다. 때로는 너무 자심滋

繁하다 싶을 정도로. 이러한 일들이 시청률의 제고를 목표로 했다 할지라도 출연자와 청중의 일체감, 그리고 프로그램에 마음을 모으는 집중력을 일구어내는 데 유익했다.

특히 결승전에서 판정단 50%, '국민투표' 50%의 점수 반영은 주목할 만하다. 국민투표의 경우 20%를 반영한 대국민 응원투표에 2,790만 표 이상이, 그리고 실시간 국민투표에 773만표 이상이 '콜' 했다는 사실은 놀라운 일이다. 이러한 대중적 호응의 양상은, 다른 방송매체의 유사한 프로그램 발굴을 견인하기에 필요충분조건이 되었다. MBC는 7명의 트로트 가수가 경연을 펼치고 청중평가단에 심사를 받는 경연 프로그램 '나는 트로트 가수다'를 방영하고 있다. 그리고 SBS에서는 국내 정상급 가수들이 해외에서 트로트 무대를 선보이는 '트롯신이 떴다'를 론칭하고 있다. MBN의 '트로트퀸'이나 예능 프로그램들의 트로트 코인 탑승도 눈에 띈다.

흘러간 옛 노래로 치부되던 트로트가 새롭게 방송을 타고, 현실적인 삶의 한복판에 불시착한 비행기처럼 내려앉은 이 시대적 현상을 어떻게 보아야 할까. 한물간 세대의 전유물로 보이던 이 음악 양식의 부활에 부응하여, 자기 노래를 잊어버렸

던 '올드 세대'가 스스로 가슴 속의 감성을 일깨우며 환영의 촉
수를 내미는 것은 당연할 터이다. 그러나 출연자이거나 향유자
이거나를 막론하고 젊은 세대, 그것도 10대의 어린 세대들까지
트로트의 '귀환'에 열광하고 동참하며 그 삶의 꿈을 내거는 현
상을 어떻게 받아들여야 할까. 더욱이 3개월의 경연 과정을 거
치면서 출연자들의 기량이 급격하게 성장했고, 동시에 트로트
의 가창 및 관람 수준도 현저히 향상되었다.

그래서 하는 말이다. 이 보기 드문 세태가 지난날의 서정을
소환하여 세대 통합을 호출하는 새로운 미래를 열 수 있도록,
지혜롭게 그리고 정성껏 가꾸어 가야 할 책임이 우리 모두에게
있다. 이 놀라운 트로트 운동이 '동어반복'을 넘어서서 보다 창
의적인 방향성을 찾을 수 있도록, 이 열풍이 또 하나의 한류로
성장할 수 있도록. 무엇보다도 우리들 가슴에 화사한 꽃처럼
피어난 이 순수한 정서가 '한여름 밤의 꿈'으로 끝나지 않기를
소망한다.

Ⅱ. 지역문화의 새 자긍심

지역사회의 외형적 가치와 정신적 자긍심

　　2018년 8월 중국 호남성 장사에서 열린 제14차 아시아아동
문학대회에 한국 대표의 자격으로 다녀온 것은, 필자가 한국아
동문학연구센터의 소장을 맡고 있기 때문이었다. 이 연구센터
는 이제 2020년에 있을 세계아동문학대회의 준비에 들어갔다.
중국을 다녀온 지 두 달가량이 지나 그 기억이 희미해질 무렵
인데, 2년 앞으로 다가온 세계대회 준비와 더불어 호남성에서
보낸 한 주간의 일들이 다시 생생하게 되살아났다. 장사는 나
관중이 쓴 『삼국지연의』에서 황충, 위연, 관우 등의 영걸이 충
돌하는 격전의 현장이었다. 그러나 지금은 그 역사적 인물들을
찾을 길 없고, 거주 인구와 지역의 외연이 확장된 거대 지방 도

시일 뿐이었다.

그러나 육로로 2시간 정도 거리에 있는 악양은 그 풍광과 흥취가 매우 달랐다. 우선 거기에는 중국 역사 전반을 관통하는 시문詩文의 명승 악양루가 있고, 시선詩仙 이백과 시성詩聖 두보를 비롯한 역대의 문필들이 악양루에 올라 절창의 시를 남겼다. 역사 과정 속에 소실된 악양루는 중건되어, 황금색 지붕을 자랑하는 3층 건물로 높이 서 있다. 지금 악양루에는 두보의 「등登 악양루」 시를 모택동의 글씨로 각자한 현판이 걸려 있다. 다음은 5언율시로 된 두보의 그 시편이다.

지난날 동정호의 명성을 들었는데 昔聞洞庭水

오늘에야 비로소 악양루에 올랐다 今上岳陽樓

오나라와 촉나라는 동남으로 나뉘어 있고 吳楚東南坼

하늘과 땅이 밤낮으로 그 물 위에 떠 있네 乾坤日夜浮

친한 친구로부터는 한 자 소식도 없고 親朋無一字

늙고 병든 나는 외로운 배에 몸을 두었네 老病有孤舟

관산 북쪽 중원 땅은 아직도 전쟁이라는데 戎馬關山北

난간에 기대서니 그저 눈물만 흐른다 憑軒涕泗流

일생을 객지로 떠돌며 전란을 겪고 고향과 가족을 그리워하던 방랑시인 두보가, 악양루에서 동정호를 바라보며 외로움에 눈물짓는 시의 문면이다. 그 시가 말하듯 악양루는 동정호의 전망이 장대하게 펼쳐진 호반에 자리하고 있다. 동정호는 서울의 여섯 배 크기로 중국에서 두 번째로 큰 담수호다. 장강長江이라 불리는 양자강의 남쪽 유역이고 모두 네 개의 수로를 통해 강과 연결되어 있다. 3~4세기 중국 삼국시대에 손권의 동오와 유비의 촉한이 이마를 맞대고 세를 다투던 각축전의 현장이다. 그런 만큼 전설처럼 전해오는 사연도 많다. 동정호 한 가운데 있는 섬이 저 유명한 군산도다. 군산도에는 요순시대 순임금의 두 부인 아황과 여영의 유적이 오랜 세월의 풍화작용을 견딘 채 보존되어 있다.

동정호는 우리 옛 고전문학 작품에도 여기저기 등장한다. 서포 김만중이 쓴 『사씨남정기』에 남행한 사씨가 동정호의 두 왕후를 현몽으로 만나 위로와 격려를 받는 장면이 있는가 하면, 〈춘향전〉 완판 84장본 춘향의 옥중 꿈 장면에 두 왕후가 나타나기도 한다. 호남성에 있는 지역 가운데 우리 고전 시문에 자주 보이는 반굴원의 멱라수가 있는 멱라는 관광객은커녕 중국 사람들도 잘 가지 않는 곳이다. 동정호에 비하면 관광지로서는 천양지차의 면모를 보인다. 하지만 우리 일행은 굳이 그 굴원의 유적지를 찾아갔다. 눈으로만 보는 탐사가 아니라 마음으로 보는 현장학습을 소중히 여긴 까닭에서였다. 굴원은 중국 역사에서 결백과 충절의 한 표본이다.

그리고 보니 10여 년 전 우리 대학의 학생들과 함께 독일 학습 여행을 갔다가, 그야말로 아무도 가지 않는 헤센 주의 소도시 베츨라Wetzlar로 향했던 기억이 났다. 이는 세상에 많이 알려진 도시도 아니고, 특히 한국인은 거의 방문자가 없다고 해야 맞을 것이다. 그러나 베츨라는 구시가지가 잘 보호되어 있는, 아름답고 유서 깊은 곳이다. 결정적으로는 이 도시가 〈젊은 베르테르의 슬픔〉의 무대라는 점이다. 독일이 자랑하는 문호 괴테는 이곳을 배경으로 그 세계적 명작을 썼으며, 여주인공 롯데의 모델 샤롯데의 고향이기도 했다. 우리 일행은 애써서 샤롯데가 살았다는 집을 찾아가, 안에는 들어가 보지 못하고 한동안 밖에서 지켜보다가 돌아왔다. 지금 그 집은 박물관으로 쓰이고 있다 한다.

한 지역 또는 지방도시가 그 도시의 유적 또는 산물을 통해 관광객을 모으는 데는 두 가지의 방략이 있다. 하나는 사람들이 많이 모일 수 있는 테마를 개발하고 그 환경을 조성하며 그것이 지역의 경제적 부가가치 증진에 기여할 수 있는 길을 확장하는 것이다. 이는 지역 주민의 외형적 삶을 향상시키는 데 목표를 두어야 한다. 그런데 그것만 가지고는 안 된다. 시대의 변화에 따라 수요가 변할 수 있고 현행 가치가 물거품처럼 꺼져버릴 수도 있기 때문이다. 그래서 역사적이고 전통적이며 오래 생명력을 유지하는 문화적 가치를 함께 병행하여 추구해야 한다. 이는 지역민의 정신적 자긍심을 부양하는 일과도 관계가 있다. 악양루와 동정호, 반굴원과 베츨라를 이 자리에서 함께 거론한 이유가 거기에 있다.

먼 북방에서 생각한 내 고향

2018년 7월 필자는 일주일 일정으로 중국 동북 지방의 세 도시를 다녀왔다. 올해로 10주기에 이른 불세출의 작가 박경리 선생을 기리는 국제학술대회가 길림성 창춘長春에 있는 길림대학에서 열렸기 때문이다. 선생의 문학과 대하 장편소설『토지』를 연구하는 '토지학회'란 학회가 있고 필자가 그 회장을 맡고 있는 터여서 이를테면 공적인 업무의 여행이었던 셈이다. 그곳 만주 지역은 『토지』의 이야기가 중국으로 옮겨갔을 때 소설의 무대이기도 하다. 이 학술대회에는 한·중·일 세 나라의 연구자가 참여했고 한국에서는 30명이 함께 갔으며 한국문화예술위원회에서 경비의 일부를 지원했다. 학술대회가 열린 길림대학은 학생이 6만 5천 명, 교수·교직원이 3만 5천 명으로 모두 10만 명의 구성원을 가진 중국에서 가장 큰 대학이다. 이 경우 중국에서 가장 크면 세계에서도 가장 크다.

중국의 동북 3성, 곧 길림성·흑룡강성·요령성에는 무려 2백만 명의 조선족이 살고 있다. 이들은 당연히 중국 국적을 가진 중국인이지만, 중국 내의 소수민족으로서 한민족의 문화와 전통을 지키며 산다. 이를 두고 학술적으로는 이중문화나 경계인이란 용어를 쓰고, 근자에는 여기에 '한민족 디아스포라'라는 개념을 적용하기도 한다. 디아스포라는 오랜 역사 과정 속에 고향과 가족을 떠나 타지로 이주한 사람들의 삶이나 그 집단 거주지를 일컫는 말이다. 원래 그 말의 생성은 나라를 잃고 세계 각지로 이산된 유태인들의 상황에 발원을 두고 있었으나 지금은 어느 나라의 경우에나 사용하고, 우리 민족처럼 남과 북 그리고 해외 각처로 분산된 형편에 있어서는 꼭 들어맞는 용어가 되었다.

해외의 다른 나라에서 우리말이 사용되고 또 그 말로 문학작품이 지속적으로 생산되는 곳은 크게 네 군데가 있다. 이른바 '한민족 문화권 문학'이라고 불리는 그 해당 권역과 문학은 미

주 한인문학, 일본 조선인문학, 중국 조선족문학, 그리고 중앙
아시아 고려인문학이다. 여기에 남북한의 문학을 더하여 6개
권역인데 공교롭게도 이는 북한 핵문제 협의체인 '6자회담'과
지역적 기반이 거의 일치한다. 한반도 문제와 관련하여 문화적
기반과 정치적 기반이 유사하다는 것은, 사람이 모이는 곳에
힘의 충돌이 있다는 논리를 가능하게 하는 대목이다. 필자는
남북 간의 대화가 어려울 때 이 민족적 울타리를 적극적으로
활용하자는 의미에서 오래 전부터 '2+4시스템'이란 전문용어
를 사용해 왔다.

이 디아스포라란 어의語義의 핵심은 타의에 의해 고향을 떠
났다는 것이다. 한국의 월남 실향민을 두고 '1천만 이산가족'이
란 표현을 쓰는 것은, 6·25동란을 거치면서 북한의 고향을 떠
나 남한에 가호적 신고를 한 5백만 명의 실향민이 북한에 그만
큼의 가족을 남겨두었다는 뜻이다. 이 고향 잃은 사람들의 눈
높이를 반영하듯 국어사전에서 '고향'을 찾아보면 ① 자기가
태어나서 자란 곳 ② 자기 조상이 오래 누려 살던 곳으로 두 가
지 해석을 함께 두고 있다. 그래서 이북5도민의 모임에 가 보
면, 월남한 후 남한에서 태어난 이들이 고향을 언급할 때 자기

부모와 조상의 근거지였던 이북의 지명을 사용한다. 내 고향을 내 발로 직접 가 볼 수 있다는 사실이 새삼 행복한 일이 아닐 수 없다.

중국 대륙의 만주는 역사 이래 19세기 초반부터 궁핍과 기아를 넘어서고자, 그리고 일제강점기의 억압과 횡포를 피하여, 한민족이 압록강·두만강을 건너 삶의 터전을 형성하면서 조선족의 이주지가 되었다. 더 시대를 거슬러 올라가면 먼 삼국시대 고구려의 영토가 광활한 만주지역 전체를 포괄하던 시기가 있었다. 지금 중국의 소위 '동북공정'이란 것이 고구려 역사를 다민족 국가인 중국 지방정부의 역사 가운데 하나라고 주장하지만, 이것이 우리가 같은 겨레요 같은 언어와 문화를 지켜온 단일민족이라는 확고한 관점을 넘어설 수는 없다. 여기에는 기실 정부 차원의 접근보다 민간의 활발한 활동과 객관적인 자료의 확보, 또 국제사회를 염두에 둔 행보가 필요하다. 그런 점에서 이번 학술 여행을 계획하면서, 학술대회는 창춘에서 하지만 그리 멀지 않은 거리에 꼭 가보고 싶은 곳이 있었다.

그래서 저 옛날 고구려의 수도 국내성이 있던 지안集安과 안중근 의사의 이토오 히로부미 저격 현장인 하얼빈을 방문 지역으로 추가했다. 하얼빈은 전에 가 본 적이 있고 다녀와서 '하얼빈 역전의 안중근 의사'란 제목의 칼럼을 쓴 적도 있다. 그러나 처음 가 본, 광개토왕과 장수왕의 왕릉이 있고 광개토왕비碑와 고구려 고분 벽화들을 원화 그대로 볼 수 있는 지안은 참으로 감동적이었다. 그곳은 고구려인들의 고향이었다. 만주 벌판을 말달리며 호방한 기개를 자랑하던 그 옛사람들의 고향은 마치 전설과도 같은 잔해를 타국에 남기고 있었으나 그 역사의 흔적은 너무도 선명했다. 그곳에서 필자는 먼 남쪽에 있는 내 고향 고성을 생각했다. 옛날이나 지금이나, 북방에서나 남방에서나 소중하지 않은 고향이 어디 있으랴마는 여러모로 상반된 땅에서 고향 생각이 절실했던 이유는 여전히 알듯 모를 듯하다.

남녘 땅의 숨은 보화

한반도 남녘에 바다를 면한 아름다운 풍광의 암자 세 곳을 들면 다음과 같다. 남해 보리암, 여수 향일암, 그리고 고성 문수암이다. '남해안 3대 절경'이라고도 부른다. 대개 절이나 절에 딸린 암자는 산속의 명승을 찾아 터를 잡는 것이지만, 이렇게 바다를 바라보거나 그에 면대하여 도량을 짓는 연유는 여러 가지가 있어 보인다. 그런데 실제로 발품을 팔아 이 암자들을 찾아가 보면, 굳이 그 까닭을 설명하지 않아도 알 것 같다. 보리암과 향일암은 거기에 이르기까지의 산길도 좋거니와 바로 눈앞에 펼쳐진 큰 바다가 마음부터 시원하게 한다. 문수암은 멀리 바다가 내려다보이는 청량산 정상에 자리 잡고 있어서 전망과 분위기가 사뭇 다르다.

이 산마루가 살큼 안개에 잠기거나 먼 바다에 모색이 짙어가는 때이면, 문득 정갈하면서도 신비로운 느낌을 더하여 자신도 모르게 옷깃을 여미게 된다. 풍경이 그윽하고 맛이 깊기로는 고성 개천의 옥천사가 아닐까 한다. '사찰 건축의 박물관'과도 같다는 전문적 표현은 멀리 제쳐두고라도, 그 절에 이르는 길과 부드러운 산세, 안온하고 균형 있게 들어앉은 모양새 등이 언제나 발길을 흡족하게 한다. 필자는 어린 시절 어머니 손을 잡고 이 절과 이 절에 딸린 청련암을 다녔다. 어머니는 시오리 먼 길을 걸어 불전佛殿을 찾는 그 걸음 또한 공덕의 하나이며, 절의 문간에서 손을 씻고 입을 가시는 것은 세속의 먼지를 털어내는 일이라고 가르쳤다.

이 시절의 기억은 일생을 두고 반추하게 되는 귀한 장면들이다. 소중하고 아름다운 기억을 가슴 속에 품고 사는 이의 영혼은 결코 피폐해지지 않는다. 더욱이 거기에 동심의 순수와 어머니의 그림자가 겹쳐 있다면 더 말할 나위가 없다. 필자가 고성신문에 글을 연재하기로 하고 쓴 첫 칼럼에 '고향은 어머니다'라는 제목을 붙인 바 있거니와, 그 고향이 구체적인 모습을 드러내는 것은 이와 같은 풍광을 통해서다. 고성 땅 곳곳에는 가까이 살면서도 미처 발길을 내딛어 보지 못한 명소들이 많다. 하긴 오늘에 이르러 승용차로 수십 분이면 족한 거리지만, 필자의 어린 시절에는 교통편 자체가 없었던 터이라 언필칭 지척이 곧 천리였다.

이번 글에서는 고향 땅 고성의 유려한 산수자연 속에 문화재로서의 가치를 숨기고 있는 사적史蹟들을 지역별로 살펴보기로 한다. 고성읍을 중심으로 연희되던 오광대는 중요무형문화재 제7호로, 상리면의 모내기 소리 농요農謠 '둥지'는 중요무형문화재 제84-1호로 지정되어 있다. 대가면에 있는 갈천서원葛川書院은 조선조 숙종 39년(1713년)에 창건되었고 이암, 어득강, 노필 선생의 학문과 덕행을 추모하는 곳이며 이는 도 문화재자료 제36호다. 그런가하면 여러 곳에 임진왜란 또는 정유재란에 나라를 위해 헌신한 의인들의 사당이 있다. 이러한 정신적 유산이나 의기義氣의 흔적을 뒤따라가다 보면, 고성의 옛사람들이 올곧고 충직했음을 실감하게 된다.

동해면에 있는 호암사虎巖祠는 임진·정유 양란 때 출정하여 공을 세운 천만리千萬里 공의 신위를 모신 사당으로 도 문화재자료 제39호다. 구만면에 있는 소천정蘇川亭은 임란 의병대장 최강崔堈 공을 기리는 사당으로 도 문화재자료 제160호다. 그런가 하면 삼산면에 있는 망사재望思齋는 임란 의병대장 운정雲汀 박애상朴愛祥 공과 전사한 남편을 따라 순절한 부인 어씨漁氏를 기리는 사당이다. 영현면에 있는 연화교풍회관蓮花矯風會館은 1930년대 일제강점기에 농촌 계몽과 개혁운동을 시작했던 취산翠山 서호직徐浩直 선생을 기리고 그 발원지를 보존한 곳이다. 이처럼 잊어서는 안 될 역사의 숨결과 그 자취가 이 고장 곳곳에 서려있다.

먼 곳까지 산하의 동향을 바라보며 시원하게 열린 전망을 누릴 수 있는 고지에 하일면의 좌이산佐耳山이 있다. 해발 392미터로 남해안의 명산이라 불리는 그 산정에는 지금도 36미터 길이의 원형 석축으로 된 봉수터가 남아 있고 그 곁에 봉수군烽燧軍의 막사 자리도 볼 수 있다. 이 봉수대는 김정호의 〈대동여지도〉와 세종실록 〈지리지〉에도 기록이 전하며 도 기념물 제138호다. 마암면에 있는 석마石馬 두 기騎는 화강암으로 된 소박하고 투박한 석조 형상인데 마을의 수호신 역할을 했고 주민들은 이를 석신石神 또는 마장군馬將軍으로 호명해 왔다. 각기의 길이가 1.5미터와 2.1미터이며 도 민속자료 제1호다.

풍경이 그냥 그대로이면 사물에 그치나, 거기에 마음을 담고 세월을 담으면 역사가 된다. 이러한 유적을 소중히 여기고 보살피며 또 동시대에 하나의 교범으로 삼는 일은, 각자 개인에게도 긴요하지만 군의 정책적 뒷받침 아래 체계적이고 지속적인 추동력이 발양되어야 한다. 과거의 역사에서 교훈을 얻지 못하는 민족에게 미래가 없다는 말과 같이, 오랫동안 삶의 근본으로 전해오는 유적에서 현실의 거울을 얻지 못하는 지역사회는 정서적 탄력과 정신적 건강을 담보하기 어렵다. 산세가 맑고 땅이 순후하며 바다 또한 풍성한 고성 땅에 이렇게 많은 보화가 잠복해 있는 줄을, 필자도 예전엔 미처 몰랐다.

새로운 '문화 고성'에의 꿈

고향을 떠나 객지에서 살아가는 사람들은, 늘 고향을 두고 자신이 떠나던 때의 모습으로 있을 것이라 착각한다. 마치 고국을 떠나 해외로 이민 간 사람들이, 떠나던 그 시기의 모습으로 고국을 간직하고 있는 것과 유사하다. 이는 어쩌면 고향과 고국을 소중히 여기는 마음, 그 추억의 자리를 잊지 못하는 마음과 관련이 있을 것이다. 어디 고향만큼 안온하고 또 오래 간직할 만한 공간이 있겠는가. 그러나 이는 어디까지나 떠난 자의 기억이요 감상이다. 하루가 다르게 세상이 변하는데 오래전 삶의 터전이 옛 모습 그대로 남아 있을 턱이 없다. 그 현장에서 살아가는 사람들에게 이와 같은 논의는 한갓 뜬구름 잡는 언사에 불과할지도 모른다.

필자가 운영 책임을 맡고 있는 경기도 양평군의 황순원문학촌 소나기마을은 남한강과 북한강이 만나는 두물머리에서 북한강변을 따라 거슬러 오르다가 서종면 문호리에서 오른쪽 중미산 기슭으로 꺾어 들어가는 곳에 있다. 그런데 그 북한강변이 예로부터 소문난 명품 드라이브 코스였다. 강심이 가까이 바라다 보이는 물가에 수양버들이 줄지어선 이 길은, 관상하기에는 참으로 좋았으나 여름철이 되면 물이 넘쳐 교통이 불편했다. 결국에는 길을 높여 강물과 멀어진, 어디서나 볼 수 있는 2차선 도로로 변했다. 많은 사람들이 아쉬워했지만 지역 주민의 생활환경이 우선이라고 할 때 이를 납득하지 않을 수 없었다.

누구의 고향이든 그곳을 떠나 그리워하는 사람과 그곳에 살며 삶의 밭을 일구어야 하는 사람 사이에는 그러한 간극이 있다. 필자는 내 고향에 살고 있는 가까운 이에게 짐짓 이렇게 물어 보았다. 지금은 중앙과 지방의 격차가 여러 부문에서 해소되었는데, 지방에 거주하면서 가장 아쉬운 대목이 뭐냐고. 그는 단박에 그리고 단호하게 대답했다. 문화생활! 이 세상을 살아가는 여러 절목에 있어 크게 불편할 것도 아쉬울 것도 없으나 수준 있는 문화생활은 근본적으로 가능하지 않다는 것이다. 필자는 쉽사리 그 논리에 수긍했다. 동시에 정말 그 해결의 방안이 없을까도 깊이 생각해 보았다.

한국사회구조의 특성 상 지역 주민이 이 문제를 연구하고 계발하여 괄목할 만한 성과를 거두기는 당초부터 불가능하다. 이는 군정郡政의 책임이요 더 나아가서는 국가 문화당국의 책임이다. 우선은 상황을 바꾸어 갈 인식의 변화와 그것을 가능하게 할 인적 자원의 확보, 그리고 이를 뒷받침할 예산이 마련되어야 한다. 그런 다음에 이 문제를 지속적으로 추진할 아이디어와 시스템의 개발이 제도적으로 이루어져야 한다. 이것이 어찌 개인 또는 민간의 차원에서 가능하겠는가. 군정·도정·국정의 담당자들이 머리를 맞대고 그 방안을 탐구하고 방향을 도출해야 한다.

물론 이보다 앞서는 쟁점은 허약해가는 농촌의 실정을 파악하고 군민들의 삶이 향상될 수 있도록 하는 경제적 측면의 대안일 것이다. 잘 사는 일보다 더 직접적인 관심을 촉발할 안건은 없다. 문제는 밥 먹는 일 만으로는 삶의 질이 고양될 수 없다

는 데 있다. 사람이 느끼는 행복의 지수는 외형적 물리적인 것
보다 내면적 정신적인 것에서 훨씬 더 많은 영향을 받는다. 그
러기에 문화요 문화생활이다. 텔레비전 시청이나 오디오를 통
한 음악 감상과 같은 범박한 차원의 문화가 아니다. 문화예술
의 원본과 진품을 직접 체험해야 심리적 충족도를 높일 수 있
다. 중앙정부와 지자체는 공히 문화 소외계층을 위한 프로그램
에 관심을 더해야 한다.

그것도 구두선口頭禪이나 공치사에 그치지 않는 실효성이 담
보되어야 한다. 우리 고성에는 많은 문화적 자원의 원자료들이
있다. 오광대놀이나 월이 설화와 같이 소중한 향토문화가 있는
가 하면, 그동안 공들여 확립한 공룡 세계엑스포와 디카시 같
은 새로운 콘텐츠도 있다. 이들을 망라하여 군민의 문화적 요
구에 따른 전시와 강연과 공연 등을 실질적 체험의 기회로 개
설해 나갈 수 없을까. 특히 문화예술계 출향인사들의 재능기부
를 적극 활용하면 예산상의 어려움도 크게 감소할 것이다. 그
리하여 고향을 그리워하는 사람이나 고향을 지키며 사는 사람
들이 함께 흔연하고 즐거울 수 있는 '문화 고성'의 내일을 기대
해 본다.

3포시대의 젊은이들을 위하여

어느 나라 사람에겐들 제 강토疆土가 아름답지 않을까마는, 우리는 예로부터 한반도를 '삼천리 금수강산'이라 불러 왔다. 현대사회의 물질문명에 노출되면서 이제 그 이름이 무색해졌으나, 그래도 곳곳에 산하의 비경秘境들이 숨어 있다. 그 중에서도 산과 강과 바다가 함께 인접해 있어서 물산이 풍부하고 풍광이 빛나는 고장을 '3포지향'이라 한다. 세 가지를 모두 갖추었다는 의미의 '3포抱'다. 지리산, 섬진강, 다도해를 동시에 끌어안고 있는 경남 하동이 그 대표적인 사례에 해당한다. 부산 또한 산을 등지고 바다를 마주 보고 있는 배산 임해의 지형인데다 낙동강 하구를 끼고 있다. 거기에 발달한 김해평야는 우리나라 최대의 충적 평야다.

삼포지향에는 먹거리, 볼거리, 체험거리가 풍성하여 사시사철 방문객의 발걸음이 끊이지 않는다. 이처럼 매우 서정적이고 기분 좋은 어감과 개념을 가진 말이 '3포'인데, 우리 시대에 이르러 그와는 전혀 다르게 우울하고 부정적인 의미를 가진 '3포'가 등장했다. 젊은이들이 경제적 어려움 때문에 연애 포기, 결혼 포기, 출산 포기의 '3포抛'를 선택한다는 뜻이다. 이것이 하나의 풍조가 되어 동시대를 '3포시대'라 부르는 사람들이 늘어나고, 심지어 결혼하여 아이를 출산한 산모에게 '애국자'란 호명을 부여하는 기이한(?) 현상을 목도하게 되었다. 미상불 혼수·육아·교육의 비용이 상식을 넘어가는 형편이고 보면, 부모로부터 받은 재산이 없는 젊은 세대가 비교 열세의 중압감을 벗어나기 어려운 형국이 되고 말았다.

이러한 현실에 동화되는 젊은이들의 행태行態를 결코 그들만의 탓으로 돌릴 수는 없다. 그들이라고 상식적인 삶의 패턴을 버리고 포기가 즐비한 길로 들어서고 싶을 리 없다. 연애를 버리는 것은 인간애를, 결혼을 버리는 것은 사회성을, 출산을 버리는 것은 공동체를 소홀히 하는 것이다. 무엇이, 어떤 이유가 이들을 그와 같은 방향으로 몰고 가는지 천착하여 들여다보고 해결책을 찾아야 한다. 우리의 젊은이들이 오죽 어려우면 이 지경이 되었는가를 모두가 애통한 마음으로 돌이켜 볼 필요가 있다. 단기적 처방의 대증요법이 아니라 근본적이고 궁극적인 해소의 방안을 도출해야 할 터이다. 그런데 어느 누구도 어느 기관이나 부서에서도 그 역할과 기능을 제대로 하지 않는다.

30년 간 대학 강단에 서 있던 필자는 이 시기의 학생들에게 정말 미안한 마음을 금할 수 없다. 과거에는 열심히 공부하면, 아니 그렇게 열심히 공부하지 않아도 팽창하는 경제 규모를 따라 졸업 후에 취업할 자리가 많았다. 졸업 시즌이 되면 기업마다 대학을 찾아와 인재 유치를 위한 설명회를 여는 것이 하나의 풍속도였다. 오늘의 학생들은 가급적 졸업을 늦추기 위해 외국으로 어학연수를 가거나 아니면 휴학을 하기도 한다. 설령 결혼을 한다고 해도 자력으로 집을 마련할 엄두를 내지 못한다. 그래서 여행이나 자동차와 같은 생활경제에 돈을 들이고 미래보다 현재를 더 앞세우는 정책(?)을 주저하지 않는다.

사회적 환경이 달라지고 장기 저성장으로 우리 경제의 파이가 작아졌다는 변명은 더 이상 필요하지 않다. 정부가 적극 나

서야 한다. 젊은이의 미래가 없으면 나라의 미래도 없기 때문
이다. 지자체에서 몇 푼의 수당을 나누어주고 위로하는 것은
손바닥으로 하늘을 가리는 어리석은 처사다. '탈무드'의 교훈
처럼 고기가 아닌, 고기 잡는 법을 가르치는 것이 답이다. 해외
로 가는 문과 길도 과감하게 열어야 한다. 교육에 기반을 둔 지
식인들이 이 문제에 깨어 있어야 할 때다. 무엇보다도 젊은이
자신이 주어진 삶과 사회 공동체를 건실하게 이끌겠다는 다짐
을 새롭게 해야 옳다. 하늘은 스스로 돕는 자를 돕는다는 옛말
이 새삼 가슴에 와 닿는다.

고성의 새로운 문화 특산물, 디카시

우리가 태를 묻은 고향 고성은 경상남도의 중앙 남부에 위치해 있다. 동쪽에는 마산, 북쪽에는 진주, 서쪽에는 사천, 동남쪽에는 통영과 연접해 있고 남쪽에는 남해의 한려수도가 펼쳐져 있다. 전체 면적은 517㎢이며 인구는 5만 7천 명 가량이다. 산야가 많고 산야에 비해 농지는 부족하지만 그래도 농산이 주력이며 이를 바다의 수산이 뒷받침하고 있는 형국이다. 여러 농작물 외에 송이버섯과 산딸기가 특산물로 알려져 있고 해산물이 넉넉한 편이다. 도립공원으로 지정되어 있는 연화산에 오르면 남쪽으로 당항포의 쪽빛 바다가 시야를 채우고 연봉 속에 묻혀 있는 옥천사의 풍경이 고즈넉하다. 규모는 크지 않으나 그야말로 산자수명山紫水明한 고장이다.

고성의 문화 가운데 대외적으로 널리 알려져 있는 것은 '경남고성공룡세계엑스포'라는 상당히 긴 명칭을 가진 문화축제다. 이학렬 전 군수가 재직하던 시기, 관민이 심혈을 기울여 일구어낸 전국적 명성의 볼거리요 체험거리다. 군 관내 여러 지역에서 발견된 5천여 개 공룡 알 및 화석의 가치를 알리고, 이를 학술적 차원을 넘어 관광산업으로 육성했다. 기실 공룡 화석의 분포는 한반도 전역에 걸쳐져 있지만, 고성이 이를 선점하고 브랜드화 함으로써 다른 지역의 부러움을 산 경우다. 또하나 오랜 옛날부터 고성읍에 전승되고 있는 탈놀이로서 그 이름이 유명한 '고성오광대'가 있다. 이는 낙동강 서편의 여러 곳에서 유행하고 전승되다가 고성으로 수렴된 것이다.

고성오광대는 19세기 후반에 형성된 것으로 추정된다. 주로 정월대보름에 연희가 이루어졌으며, 그 7~8일 전부터 연희자들이 연습하여 명절날 군중 앞에 장터놀이 형식으로 공연했다. 원래의 탈춤이나 가면극이 가지고 있는 비판 및 상징의 기능과 더불어, 보다 자유롭고 개방된 형식으로 당대의 인심과 세태풍속을 자유자재로 담아냈다. 고성의 문화 당무자가 더욱 관심을 갖고 동시대에서의 부양에 진력해야 할 문화유산이다. 이는 지금 중요무형문화재 제7호로 지정되어 있다. 그 외에도 고성의 문화 역사를 반추해 볼 수 있는 유적들이 곳곳에 잠복해 있다. 문화에 대한 성숙한 인식은 곧 그 지역의 정신적 수준이다.

그런데 여기, 우리 고성의 새로운 문화 특산물로 떠 오른 문학 장르가 하나 있다. '디카시'라는 이름을 가진, 영상 문화와 디지털 시대의 특성을 반영하는 독특한 형식의 시 창작 운동이다. 이 명칭은 글자 그대로 디지털 카메라와 시의 합성어다. 남녀노소 누구나 손에 들고 있는 스마트폰으로 뜻깊고 인상 깊은 장면을 순간포착으로 촬영하고 거기에 몇 줄 촌철살인의 기개와 감응을 가진 시적 문장을 덧붙인다. 누구나 그 창작의 현장에 뛰어들 수 있고 누구나 이를 즐거워할 수 있으며, SNS 시대의 경로를 따라 동호인들과 실시간으로 소통할 수 있는 것이다. 오늘날과 같은 영상문화의 시대에 최적화된 문예 형식이라 할 수 있다.

어느 모로 보아도 이 새로운 시작詩作의 방식이 위축되거나 패퇴하는 법은 없을 것으로 짐작된다. 그런데 이 디카시의 발원지가 우리 고성이고 그렇게 '디카시'라고 호명하면서 장르를 개척한 시인은 이상옥 교수다. 그는 군내 마암 출신이며 마산 창신대학 교수로 오래 근무하다가 지금은 중국 정주의 대학 교수로 있다. 마암의 시골집에서 마산의 직장까지 출퇴근하면서 2004년에 연도沿道의 풍경을 디카시로 창작한 '고성가도固城街道'란 시집을 상재했다. 이를테면 디카시집의 효시다. 그런데 이 디카시 창작의 열풍이 삼남 일대를 거쳐 전국을 순회한 다음, 올해부터는 미국과 중국 등 해외로 확산되는 놀라운 추세를 보이고 있다.

거기에는 눈에 보이지 않는 몇 가지 까닭이 있다. 우선 이 시의 형식이 어렵지 않고 동시에 경박하지 않으며 우리의 일상을 감명 깊게 담아낼 수 있다는 점이다. 체육에도 본격적인 기량과 기록을 다투는 운동경기가 있고, 평범한 시민들이 심신을 단련하는 생활체육이 있다. 디카시는 이른바 '생활문학'의 모범이다. 동시에 '글로벌 시대'의 날개를 달고 출발한 미국 시카고의 디카시연구회나 중국 정주의 디카시공모전 같은 국제교류 행보는 밝고도 푸른 신호등에 해당한다. 고성이 낳은, 고성의 이름을 빛낼 새로운 문화적 특산물의 면모가 약여하다. 관민이 함께 손잡고 이를 부양하고 양육해 가야할 이유다.

순간예술이자 영속예술로서의 디카시

21세기 벽두에 새로운 문예운동으로 등장한 디카시는 이제 세상 방방곡곡의 장삼이사張三李四들이 그 이름을 알고 있는, 보편적 확산의 지경에 이르렀다. 뿐만 아니라 한국의 강역疆域을 넘어 미국, 캐나다, 영국, 독일, 중국, 일본 인도네시아, 베트남 등 여러 나라로 새로운 문화 한류의 전파 현상을 보이고 있다. 국가의 정치력이나 경제력, 또는 군사력으로 밀고 나갈 수 없는 새로운 형식의 브랜드와 네임밸류를 생산하고 있는 터이다. 순간포착의 강렬한 영상, 간결한 촌철살인의 시적 언어가 순간예술이자 영속예술의 필요충분조건을 성립시키는 형국이다.

순간예술이라 할 것은, 짧은 찰나의 예리한 감각과 안목으로 영상 미학을 발굴한다는 뜻이다. 영속예술이라 할 것은, 그에 부가된 콤팩트한 시적 언어가 견고한 의미구조를 생성하며 길이 명작으로 남을 기대감을 표출한다는 말이다. 지금까지의 디카시는 주로 한 순간의 극명한 영상과 언어에 집착해 온 것이 사실이다. 그런데 디카시의 범주가 확장되고 그 대열에 동참하는 시인의 세력이 확대되면서, 일상적이지만 잘 촬영된 사진에 깔끔하고 상징적이며 언어적 묘미가 포괄된 작품의 수요가 새롭게 부각되고 있다. 다만 그에 동원된 시적 언어가 진부하거나 길이만 늘어나서는 제값을 인정받기 어렵다. 모든 예술에 통용되는 금과옥조金科玉條는 '놀랍지 않으면 버려라'일 것이다.

2004년 경남 고성에서 발원한 디카시는 고성의 국제디카시페스티벌을 필두로 황순원문학제, 이병주국제문학제, 오장환문학제 등을 비롯하여 여러 처소에 여러 모양으로 수용되고 있으며 해외의 한국어 디카시공모전도 다양하게 전개되고 있다. 올해 '코로나19'로 아직 시일을 확정하지 못하고 있으나 새로이 제주국제디카시페스티벌이 출범하게 된다. 여기에는 한 작품에 일천만원의 상금을 수여하는 제주국제디카시문학상도 계획 중이다. 그런가 하면 한국디카시인협회도 본격적으로 활동

을 시작하게 될 것이다. 이 동시다발로 추동하는 발양의 노력
들이 마침내 세계문예사에 하나의 도저한 물결을 이루는 내일!
그것이 곧 디카시의 꿈이요 열정이다.

안녕, 디카시!

안녕, 디카시? 그대의 이름이 우리 문학인들 가운데 공유되고 확산되기 시작한지도 벌써 15년이 지났어요. 창안자 이상옥 시인이 첫 디카시집 『고성가도』를 상재한 것이 2004년이니까요. 논어에서는 이만큼의 기간을 지우학志于學이라 부르지요. '학문에 뜻을 둔다'는 의미를 가졌으니, 앞으로는 그대가 하나의 경점更點을 넘어 새로운 문예장르로서 또 작품 및 이론의 축적과 더불어 공고한 체계화를 도모할 수 있게 되었습니다.

이제는 문학인들 가운데 그대의 창작형식이 디지털 카메라와 짧은 시문詩文의 결합으로, 그 순간 포착의 영상과 촌철살인의 언표言表로 동시대의 첨예한 감각을 표현한다는 사실을 모

르는 이가 없어요. 처음에는 남녘 지방에서 시작하여 삼남 일
대를 휘돌고 다시 한국 전역으로 확장되었다가, 이제는 미국
중국 등 세계화의 길로 나아가고 있으니 그대의 이름에 존중과
경의를 표하는 것은 전혀 자연스러운 일이라 하겠습니다.

그대와 같은 문예 창작의 형상이 그동안 인류 역사에 전혀
없지는 않았지요. 우리 고전의 단시조短時調나 일본의 하이쿠俳
句가 문면에 있어서는 그대의 전 단계라 할 수 있을 것입니다.
그러나 디카시, 그대는 그 단문의 한계를 넘어 시대적 조류인
디지털 영상과 조화롭게 연대하고 문자문화의 시대에서 영상
문화의 시대로 이행되는 변환의 과정과 이 시대를 살아가는 사
람들의 표현 욕구를 가장 적절한 방식으로 수용하였지요. 그러
니 그대의 이름이 세계문예사의 전개와 더불어 더욱 흥왕하리
라 예견하는 것입니다.

그대를 사랑하는 디카시인들과 우리 동호인들은 그대를 정
연한 훈도薰陶의 '교사'로 받아들이지 않고 우리와 함께 호흡하
고 향유하는 '가수'로 생각해요. 남녀노소 누구나, 전문인이거
나 그렇지 않거나, 감명 깊은 영상을 붙들고 거기에 마음을 울
리는 시어詩語를 부가하는 이 즐거움을 누리고자 합니다. 이를

테면 저 오랜 문학의 엄숙주의와 고색창연한 의고주의를 버리고 우리 삶의 현실에 맞는 생활문학을 꿈꾸는 것이지요. 그대와 더불어 우리는 문학이 일상이 되고 일상이 문학이 되는 행복을 누릴 거예요. 고마워요, 디카시!

디카시, 새로운 문예사조의 시발始發

　인류 문화사에 있어 문예사조의 흐름은 고전주의, 낭만주의, 사실주의, 초현실주의 등의 일정한 패턴을 따라 오늘에 이르렀다. 그런데 이와 같은 사조의 전개는 온전히 서구의 개념이다. 한국의 문학사 또는 미술사에 반영된 문예사조는 일제강점기인 1920년대에서 1930년대에 걸쳐 여러 유형의 예술적 경향이 함께 유입되었다. 마치 한 밥상에 차려진 여러 종류의 반찬처럼, 주로 일본을 통해 서로 다른 예술 형식이 한꺼번에 수용된 것이다. 1930년대의 대표적 작가인 김유정, 이효석, 이상이 각각 낭만적 서정, 객관적 현실, 심층적 의식을 동시대의 문학으로 보여준 것이 그 하나의 예증이다.

문학사에 있어 가장 오랜 장르는 두말할 것도 없이 시詩다. 언어의 운율성과 비유 및 상징의 기능이 결합된 시는, 문명의 기록이 가능한 초기부터 형상력을 얻었다. 그에 비해 대표적 산문 장르인 소설은, 동서양을 막론하고 중세 이후 서민의식이 성장하면서 표현방식 곧 글을 통한 표현의 대중적 기능 확산과 더불어 확립되었다. 지금도 예술적 수준을 논외로 하고 보면, 창작이 용이하고 분량이 길지 않은 시가 훨씬 더 광범위한 친화력을 가질 수 있다. 한국문학에 있어서 짧은 시의 대명사는 시조時調, 그 중에서도 단시조다. 이는 3연으로 구성되고 총 45자 안팎의 길이다. 이제껏 축적된 시조의 명편들은 여전히 시인묵객들과 지근거리에 있다. 고려조 이조년의 「다정가」나 조선조 황진이의 「동짓달 기나긴 밤을」은 지금도 우리의 심금을 울린다.

짧은 시편으로 하나의 문학사적 조류를 형성하고, 이를 통해 세계의 문화 자산으로 인정받은 것이 일본의 하이쿠俳句다. 5, 7, 5의 3구 17자로 구성되는 이 돌올한 문학형식은 17세기 도쿠카와 시대에 단카短歌와 더불어 시작되었고, 20세기 초 프랑스 문학에 도입되는 것을 필두로 서구에까지 강한 수용력을 보였다. 하이쿠의 명인 마쓰오 바쇼의 시, "얼마나 놀라운 일인가, 번개를 보면서도 삶이 한 순간인 걸 모르다니"와 같은 대목은 자신도 모르게 무릎을 치게 한다. 짧고 간략한 것이 중언부언의 긴 사설보다 한결 집중력과 전파력을 자랑한다는 사실을 절감할 수밖에 없다.

그런데 여기 하이쿠를 넘어설 하나의 문학사적 변혁이 시작되었다. 한국문학사에 새로운 문예장르가 탄생한 사건이다. 지난 6월 22일 경남 고성에서 '제12회 국제디카시페스티벌'이란 행사가 열렸다. 15년 전 이 지역에서 시작된 '디카시'가 삼남 일대와 한국을 넘어 세계무대로 확산되고 있는 것이다. 단순히 세계적 확산을 보이는 것이 문제가 아니라, 그 문예장르에 있어 전자매체 영상문화 시대의 새로운 예술형식을 담보한다는 점에 주목해야 한다. 디카시는 디지털 카메라와 시의 합성어이며, 우리 시대에 누구나 손에 들고 있는 핸드폰으로 순간포착의 영상을 확보하고 거기에 두세 줄 촌철살인의 시적 언어를 덧붙이는 것이다. 동시에 이를 그 동호인 그룹 상호간에 실시간으로 소통하는 현장성과 속도감을 갖는다.

이 새 시문학은 이제 미국, 중국, 인도네시아 등지에서 한글로 활발하게 창작됨으로써 또 하나의 한류를 이루고 있다. 디카시라는 용어가 국립국어원에서 공식적인 문학용어로 인정되었고, 여러 곳의 교과서에 실리고 있다. 경향 각지의 문학제에서 공모전이 시행되는가 하면 계간 〈디카시〉를 비롯한 디카시집의 발간도 줄을 잇는다. 남녀노소 누구나 영상과 시적 언어의 조합을 즐거워 할 수 있고 이를 쉽게 공유할 수 있으니, 문학이 일상이 되고 일상이 문학이 되는 즐거움을 누리게 된다. 올해 안으로 한국디카시인협회도 결성된다는 소식이다. 가장 큰 과제는 하이쿠의 문학적 수준을 능가하는 예술적 성취를 추구하는 것이 아닐까 싶다. 앞으로 큰 기대와 더불어 그 추이를 예의주시 해보려 한다.

영감靈感과 섬광閃光
— 계간 《디카시》 통권 30호

계간 《디카시》가 통권 30호를 맞는다는 반가운 소식입니다. 30년은 한 세대의 경과를 말하는 시간이요, 한 사람의 생애에 있어서는 모든 준비와 수행의 기간을 마치고 하나의 인격으로 책임 있는 역할을 시작하는 시기를 말합니다. 그래서 공자는 '논어'에서 삼십세에 자립하였다 하여 이를 '이립而立'으로 호명했습니다. 계간 《디카시》 또한 그렇습니다. 30권의 디카시 전문지를 지속적으로 발간하면서 그동안 그 토양이 굳건해지고 줄기가 튼실해지고 잎과 꽃이 풍성해졌습니다. 이제는 알차고 소담스러운 열매를 맺을 차례입니다.

저는 이 난을 빌어 디카시에 관한 통상적인 축하와 격려보다, 지금까지 함께 하면서 느낀 창작의 핵심적인 문제에 대해 기술함으로써 그 소임을 대신하려 합니다. 좋은 디카시를 생산하는 첫 번째 관건은 좋은 영상의 포착입니다. 어쩌면 이는 노력한다고 해결되는 것이 아닌지도 모릅니다. 새로운 눈으로 자연을 대하고 끈기 있게 사물을 관찰하는 동안 은혜로운 선물처럼 주어질 수도 있습니다. 대략 구색을 갖춘 평범한 영상은 값이 없습니다. '놀랍지 않으면 버려라'라는 예술지상주의의 권면처럼 그와 같은 영상은 과감히 버리십시오. 그리고 다음 영상을 찾는 눈을 크게 뜨십시오.

두 번째 관건은 그 영상과 화학적으로 융합할 수 있는 몇 줄의 시적 문장! 곧 촌철살인의 감각을 자랑하는 문자의 부가입니다. 어쩌면 이 시는 한두 행으로 충분할 수 있습니다. 우리 고전 문학의 단시조나 일본의 하이쿠가 여기에 참고가 될 수 있겠습니다. 문자 자체의 울림이 미약하거나 영상과 상호 조응하지 않는다면 이 또한 과감히 버리십시오. 그리고 새 언어의 표현을 강구하십시오. 문자시의 전통적 세계에서 위명偉名을 얻은 시인들이 언어의 조탁에 기울이는 열정과 고투를 생각해 보십시오. 한 행 한 어휘를 얻기 위해 온 밤을 밝힐 수도 있습니다.

어느 시인이 하이쿠를 번역한 시집에 '한 줄도 너무 길다'라
는 표제를 붙였습니다. 매우 정제된 문면이 아니면 디카시에
있어서도 서너 줄을 넘어가는 것이 중언부언이나 췌언의 연속
일 수 있습니다. 그리고 마지막으로 디카시인 동류 간의 실시
간 소통이 가능하다는 장점을 살려, 그 활동영역을 확장하는
것입니다. 이렇게 보면 디카시는 시인의 창작 역량과 노력에,
영감靈感을 더하고 섬광閃光의 시간이 함께 작동하는 예술형식
입니다. 우리는 이를 이 영상문화 시대를 견인하는 새로운 문
예장르라고 보는 것이지요. 《디카시》 30호에 이르도록 애쓰고
수고하신 손길들께 이 자리를 빌려 축하와 감사와 격려의 말씀
을 드립니다.

확산, 내실, 권유

　디카시의 국내 및 세계적 확산이 그야말로 눈부신 행보를 보이고 있다. 이제까지 삼남 일대를 휘돌아 전국을 석권하고 미국·중국 등 해외로 그 지평을 넓혀온 디카시 창작의 열풍이 계속 상승세를 이어가고 있다. 남녀노소 누구나 쉽게 접근할 수 있는 일상성과 동시대 디지털 문화 양식에 최적화된 영상성 등의 장르적 특성이 이를 부양한다. '일상의 예술'이자 '예술의 일상'을 진작하는 새롭고 유용한 문예 형식이라 호명하는 이유다.

　보다 중요한 사실은 이러한 확산의 규모와 더불어 창작 환경의 내면이 더 튼실하게 다져지고 있다는 점이다. '디카시'는 이

미 국립국어원 우리말샘에 문학용어로 등재되었으며 여러 검정 중고등학교 교과서에 수록되고 있다. 전국 각처의 문학 행사나 문학제에서 공모전을 개최하는가 하면, 다수의 신문 및 문예지가 고정 게재란을 두고 있기도 하다. 곳곳에서 디카시 신인상이 신설되고 '좋은 디카시집' 시리즈가 기획되기도 한다.

이와 같은 현상은 이제껏 목도할 수 없었던 새 문예 장르의 대두를 말하는 것이며, 그 배면에 하나의 시대정신Zeitgeist이 잠복해 있음을 반증하고 있다. 물론 여기에 문예 창작의 오랜 역사적 흐름에 비추어 반성하고 성찰해야 할 측면이 없지 않다. 순간포착의 영상과 촌철살인의 언술, 그리고 실시간 소통의 물결에 밀려 문학 본류의 심원深遠한 가치를 놓쳐버리기 쉬운 것이다.

그러기에 디카시는 너무 많은 욕심을 내지 않는다. "디카시는 시가 아니다. 디카시는 디카시다"라는 언표는 바로 이 대목에 대한 경각심을 함축하고 있다. 그럼에도 불구하고 디카시의 양적 질적 성장과 발전은, 이 운동을 추동해온 우리에게는 반갑고 고마운 일이다. 이 일이 공여하는 즐거움과 동도同道의 나

늙은 우리의 삶을 풍성하고 활력 있게 이끌어줄 것이다. 그런 연유로 눈을 들어 보다 먼 문학과 예술의 지평을 바라볼 수 있다.

바야흐로 오늘의 인류는 '코로나19'의 팬데믹 재앙으로 생활 형식 전반에 걸친 변화를 감당하고 있다. 비대면 간접 소통의 문학 교류 또한 이 시대를 넘어서 하나의 패턴으로 정착할 가능성이 높다. 그런데 그에 대한 대안으로서도 디카시는 강력하고 빠르고 효율적이다. 문학의 길을 함께 가는 많은 분들에게, 또 머리맡에 작은 시집 한 권 놓아두기를 원하는 독자분들에게, 따뜻한 마음으로 디카시에의 관심과 동참을 권유해 본다.

미微에 신神이 있느니라

며칠 전의 일이다. 미국 로스엔젤레스에서 소설을 쓰며, 우리가 한국디카시인협회의 미주지역 공동대표로 위촉한 홍영옥 작가로부터 연락이 왔다. 미주지역 평화통일정책자문회의 행사에서 디카시공모전을 열겠다는 것이다. 참으로 좋은 일이 아닐 수 없어서, 흔쾌히 수락하고 상장 명의 등을 지원하기로 했다. 중요한 사실은 국내외를 막론하고 이와 같이 디카시 창작의 저변이 눈부신 속도로 확산되고 있다는 것이다. 국내 여러 지역에서 우리 협회나 한국디카시연구소와 상관없이 공모전 또는 시상 행사를 진행하고 있는 사례가 많다. 필자는 '식당도 모여 있어야 영업이 잘 된다'는 언사와 더불어 이를 수긍하고 흡족해했다.

그런가 하면 서울 지역에 자생의 디카시 단체가 결성되어, 우리 협회와 상호 협력의 길을 모색해 보자는 제안도 있었다. 드넓은 초원이 형성되기 위해서는 큰 나무들로만 그 경색景色을 채울 수 없다. 소박하고 조촐하지만 끈기 있고 전파력 있는 '풀뿌리'들이 풍성해야 한다. 일찍이 김수영 시인이 그의 대표 시 「풀」에서 묘사한 것처럼, 이 민초民草와도 같은 한 사람 한 사람의 디카시인이 너무도 소중하다. 또한 그간의 계간 《디카시》와 더불어 새롭게 계간으로 창간된 《한국디카시학》이 발표 지면을 늘리는 공功을 이루었고, 두 디카시 전문 문예지와 도서출판 '작가'에서 디카시집 시리즈를 발간하고 있다. 디카시 공모전도 전국 각지에서 사뭇 활발하다.

한국디카시인협회에서는 그동안 준비해오던 홈페이지를 완비하고, 이를 통한 활동에 들어갔다. 앞으로의 여러 계획이 준비되어 있기도 하다. 주지하다시피 디카시는 '작은 문필'들의 '시 놀이' 생활문학에서 출발하고 있으며, 그런 연유로 그 작은 숨결 하나도 함부로 대하지 않을 것이다. 그러기에 이 글의 제목을 이병주 소설에서 그 수사修辭를 빌려 '미微에 신神이 있느

니라'라고 했다. 그와 같은 마음으로 이 세상의 남녀노소, 갑남
을녀 모두가 일상의 예술이요 예술의 일상, 생활 속에 스며든
상상력과 창의력의 발현을 누릴 수 있도록 우리 함께 손잡고
나갈 것을 간곡하고 정중하게 요청한다. 어느 누구의 가슴 속
에나 여리고 따뜻하며, 또 강고하고 예민한 시심詩心이 숨어 있
는 까닭에서다.

Ⅲ. 삶이 우리를 이끄는 곳

쉼표가 있는 삶

"대패질하는 시간보다 대팻날을 가는 시간이 더 길 수도 있다." 고故 황순원 작가의 말이다. 대팻날을 가는 시간은 대패질을 하는 시간에 대한 준비이며 그 실전을 위한 휴식을 말하는 것이기도 하다. 물론 이는 작가로서의 창작 방식에 대한 비유적 언급이었으나, 세상을 살아갈수록 우리 삶의 전반에 적용될 수 있는 날선 교훈이라 여겨진다. 벌목장의 인부가 열심히 도끼질을 하는 것만이 능사가 아니라, 쉬는 시간을 갖고 도끼날을 갈며 기름을 바르는 것이 훨씬 더 일의 능률을 올리는 길이라는 사실과도 같다.

필자가 포항 해병사단에서 군 복무를 하던 때의 일이다. 이

런저런 연유로 부대 내 휴게실을 새롭게 꾸미는 임무가 맡겨졌다. 대학에서 미술을 전공하다 온 전우 한 사람과 여러 날을 고민했는데, 그중에서도 정면 벽면에 어떤 구호를 내걸까가 중심 화두였다. 우리는 해병대의 진취적 정신과 휴게실의 본질적 기능을 조합하여 이렇게 정했다. "오늘의 휴식, 내일의 전투력." 지금 생각해 보면 휴식이 전투력이 될 수 있다는 인식은 어리바리한 사병들로서는 썩 잘된 아이디어였고, 그래서 그런지 그 콘셉트로 완성된 휴게실은 부대 내의 칭송을 받았다.

쉬지 않고 높은 산을 오를 수는 없다. 개별의 사람이나 공동체나 쉬면서 과거를 정리하고 미래를 구상하는 과정을 갖지 못하면 괄목할 만한 성장을 갖기 어렵다. 일본의 혼다 기업 창업자 혼다 쇼이치로는 "휴식은 대나무에 비유하자면 마디에 해당한다"고 했다. 마디를 맺어가며 성장해야 키 큰 대나무가 될 수 있는 것처럼, 사람도 기업도 중간 중간에 쉬는 구간을 가져야 강하고 곧게 클 수 있다는 뜻이다. 그런 점에서 의식주 자체가 어렵던 옛날에는 허리띠를 졸라매며 열심히 일하는 것이 미덕이었으나, 지금은 잘 노는 사람이 성공한다는 전혀 다른 조어造語가 일반화 되어 있다.

생각해 보면 참 중요한 일이다. 휴식이 곧 생산성의 요람이라는 개념의 실상이 거기 있다. 일만 알고 휴식을 모르는 사람은 제동장치가 없는 자동차와 마찬가지다. 그만큼 위험하다. 그 자신의 삶에 있어서도 그러하지만, 함께 살아가는 주변 사람들에게 미치는 피해에 있어서도 그러하다. 톨스토이 소설 중에 〈사람에게는 얼마만큼의 땅이 필요한가〉라는 단편이 있다. 어느 농부가 동이 튼 후 해질 때까지 하루 동안 발로 밟고 표식을 해둔 땅을 모두 주겠다는 약속, 그러나 해지기 전까지 출발 지점으로 돌아오지 못하면 모두 무효라는 규칙을 함께 받았다. 결과적으로 농부는 그날 출발선으로 돌아왔으나 기진맥진해 죽었다.

그에게는 쉼표가 없었다. 그 쉼표는 욕심을 버릴 때에만 눈에 보이는 신비한 문자인지도 모른다. 농부의 죽음을 부른 과욕은 매우 상징적이다. 그것은 자신을 죽이고 자신과 연동되어 있는 모든 사람들에게 죽음에 필적하는 고통을 부가한다. 찰스 디킨스가 쓴 소설 〈크리스마스 캐럴〉의 스크루지 영감이 그로 인해 지옥과 천국을 오간 대표적인 캐릭터이다. 지옥에서 천국으로 이동할 수 있다는 것은 욕심을 버린 자리의 휴식, 그 쉼표가 우리의 삶에 선사할 수 있는 최상의 복원력을 말한다.

　1999년 이탈리아의 한 지역에서 시작된 슬로시티slow city운동이란 것이 있다. 슬로푸드 먹기와 느리게 살기로부터 시작된 이 운동은 지식정보화 시대의 쾌속성에 맞서 지역사회의 환경을 재조정하자는 취지를 가졌다. 우리나라에서도 10여 개의 도시가 여기에 가입하고 있다. 문제는 그 속에 살고 있는 시민들이 누리는 삶의 질이요 수준이다. 필자가 살아온 삶의 환경은 늘 반反슬로시티에 해당했고 온 세상의 다툼이 한껏 고조에 달한 지금은 더욱 그렇다. 이 글을 쓰는 시점을 계기로 '쉼'의 문제에 그야말로 전혀 새롭게 접근해볼 참인데 글쎄, 그다지 자신이 없다.

작은 것이 더 아름답다

 '악기의 왕'이라 불리는 파이프 오르간은 기원전 3세기 그리스에서부터 유래했다. 오늘날 웅장한 공공건물이나 규모가 큰 교회에서 흔히 볼 수 있는 이 악기는, 소리가 엄숙하고 신비하여 특히 예배 분위기를 경건하게 하는 데 중요한 역할을 한다. 여러 개의 파이프 하나하나가 바람에 의하여 직접 울림으로써 각기 다른 음향을 낸다. 가장 낮은 소리에서 가장 높은 소리까지 그 음역이 광범위하다. 이 오르간은 만들어진 악기를 사는 것이 아니라, 건물의 유형에 맞도록 주문제작을 한다. 그러기에 외형이 아름답고 건물의 내부와 잘 조화를 이룬다.

 파이프 오르간의 기원은 역사가 오래지만 현재와 같이 대중

화되기는 19세기 초반이 지나서다. 거기에는 이런 일화가 숨어 있다. 미국의 젊은 피아니스트 론 세버린Ron Severin이 주류 상회 앞을 지나다가 그 앞에 산적해 있는 헌 맥주 캔을 보고 눈이 번쩍 뜨였다. 그는 주인을 만나 그 캔들을 자기가 치워 주겠다고 제의했다. 주인은 감사하다고, 그렇게 하라고 했다. 당시 세버린은 캘리포니아 롱비치 주립대학의 학생으로서 다우니 교회의 오르가니스트로 있었다. 헌 캔들이 줄지어 쌓여 있는 것을 보자 무어라 형언할 수 없는 음악적 영감이 섬광처럼 그의 영혼을 흔들었던 것이다.

세버린은 한 아름의 캔을 자동차로 실어 와서 손질하기 시작했다. 위와 아래의 뚜껑을 모조리 따고 깨끗이 소독한 다음 긴 파이프가 되도록 납땜을 했다. 어떤 것은 길게, 어떤 것은 짧게 만들고 파이프의 주둥이 부분을 만들어 달았다. 그 파이프의 길이를 달리하여 플루트와 비올라의 소리가 나게 하는 데는 한 시간 정도밖에 걸리지 않았으나 리드의 음을 내는 데는 상당히 어려움이 많았다. 결국 그는 3년의 세월을 투여하여 성능이 뛰어난 파이프 오르간을 만들어 내는 데 성공했다. 인류 역사에 새롭고 엄청난 악기 하나가 재탄생한 이야기다.

문제는 인간의 정신을 호활하게도 하지만 때로는 혼미하게 하는 술이 담겼던 그릇을, 아름답고 고상한 악기로 바꾸고 신을 찬양하며 경배하는 도구로 만들었다는 사실이다. 이는 우리로 하여금 참으로 평범하고 귀한 무엇인가를 되새기게 한다. 같은 물이라도 뱀이 먹으면 독이 되지만 양이 먹으면 젖이 된다는 교훈이다. 구약의 문면 가운데 삼손이 당나귀 턱뼈로 수많은 적군을 죽이는 사례가 있다. 하잘 것 없는 당나귀 턱뼈라도 그것이 무슨 일에 쓰이는가에 따라 역사적 사건의 중심에 설 수 있음을 보게 된다.

론 세버린의 파이프 오르간은, 그 유래를 되새겨볼 때 우리에게 적지 않은 가르침을 전해준다. 그런데 이러한 가르침의 의미를 받아들여 우리 삶에 적용하지 못한다면 아무리 좋은 말씀이라도 소귀에 경 읽기가 아닐 수 없다. 이 대단한 악기의 등장 과정에서 살펴본 바와 같이, 그 높은 가격과 빛나는 치장을 자랑한다면 이는 존중받을 만한 태도가 아니다. 사람들을 감동하게 하는 힘은 외형의 창대함에 있는 것이 아니라 작고 진실한 마음, 그 진정성에 있는 것이기 때문이다.

경기도 양평에 자리하고 있는 황순원문학촌 소나기마을에서 지난달 23일 '수숫단음악회'란 행사가 있었다. 작은 시골마을의 문학관이지만, 그 문학관은 국내에서 가장 많은 유료입장객이 찾아오는 성공한 테마파크다. 음악회에 출연한 여러 뮤지션과 연주자 가운데 한 젊은 피아니스트는 눈이 잘 보이지 않는 핸디캡을 가지고 있으나 연주 역량은 가히 '천재적'이었다. 그런가 하면 문학관 인근의 지역주민 여덟 분이 무대에 올라 배경음악에 맞추어 시낭송을 했다. 전문가가 아닌, 그저 문학관과 시와 노래를 사랑하는 사람들로 구성된 그 공연은 눈물겹도록 청신하고 감동적이었다. 그랬다. 작은 것이 더 아름다운 광경은 그처럼 우리 곁에도 있었다.

끝이 좋으면 다 좋다?

서양 속언에 '끝이 좋으면 다 좋다'라는 말이 있다. 경과 과정이 어떤 모양이든 결과가 훌륭하면 사소한 잘잘못이야 덮어둘 수 있다는 의미다. 이 수사修辭는 매우 중요한 사실 하나를 빠뜨리고 있는데, 그것은 처음이 좋지 않고서 끝이 잘되기가 쉽지 않다는 점이다. 이는 곧 첫 단추가 잘못 채워지면 온전하게 의복을 입을 수 없는 것과 마찬가지다. 동양문화권의 사고형태에 비해 외형적 질서와 성과에 더 치중하는 서양 사람들이 자주 사용할 만한 어투다. 이와 같은 관점으로 우리 근대사를 돌아볼 때, 가장 아쉽게 느껴지는 한 가지는 대한민국의 건국 초기를 장식한 그 허다한 지도자들 가운데 중국의 쑨원孫文처

럼 이념과 체제와 시대를 넘어서서 온 국민의 존경을 받을 만
한 인물이 없었다는 것이다.

쑨원의 경우는 중국과 대만에서 동시에 국부로 추앙을 받고
있다. 그 시기 우리나라의 대표적인 지도자로서 이승만 초대
대통령과 김구 선생을 들 수 있다. 프린스턴 대학 정치학과 출
신의 성가聲價에 걸맞도록 노회한 정략을 구사한 이승만은 손
수 타이핑한 서신 공세로 미국 정가의 대 한반도 여론을 움직
일 만큼 정치적 '방법'에 능란하였다. 그 방법이 진정으로 나라
사랑하는 마음보다 앞서게 되어 그는 결국 비참한 끝을 보았
다. 반면에 김구는 우국충정에 있어 민족적 사표가 되기에 부
족함이 없었으나, 이를 현실적인 정치의 마당으로 전화하는
'방법'을 찾을 줄 몰랐다. 그래서 어느 문필가는 그의 암살을
두고 '방법이 없는 정치가의 비극'이라고 기술한 바 있다.

만약에, 만약에 말이다. 대한민국이란 국호를 새롭게 내걸고
출발하던 그 당대에 우리가 김구의 애국심과 이승만의 정치력
을 함께 겸전한 지도자를 가질 수 있었으면 어떠했을까? 이에
대한 답변이 산술의 공식처럼 일목요연하게 제시될 수는 없을
터이지만 여러 가지 사례에 기댄 추론은 가능하다. 미국의 초

기 역사를 참고해 보면, 워싱턴이나 제퍼슨과 같은 훌륭한 프로테스탄티즘의 신봉자들이 포진하고 있었기에, 짧은 기간 안에 독립을 쟁취하고 세계 제일의 강국을 만들 수 있었던 것이다. 오늘날의 세태에서도 마찬가지지만 격동하는 우리 근대 역사에는 진실로 인물이, 더 정확히 말하자면 올바른 '방법'을 가진 인물이 없었다고 해야 옳을 것이다.

훌륭한 인물에 의해 선도되는 좋은 출발, 이것이 어찌 개별적인 세상사나 과거의 교훈에만 적용되는 좋은 결과의 준거이랴! 정말 존경받는 지도자는 지극한 정성과 참고 이해하는 끈기로 새로운 세계에 발을 들여놓은 이의 첫 단추를 정확하게 채워주어야 한다. 그러는 동안에 이루 말로 다 못하는 심정적 곤고함과 남몰래 흘리는 눈물도 적지 않을 터이다. 하지만 이 모든 것이 천망회회 소이불루天網恢恢 疎而不漏, 곧 하늘의 그물은 크고 엉성해 보이지만 결코 그물에서 빠져나갈 수 없다는 뜻과 같이 역사와 운명의 법칙 안에 있다는 데서 위안을 찾을 수밖에 없다. 그것이 그가 지도자이기에 겪어야 하는 일이고 또 지도자가 되기로 작정했다면 마땅히 감당해야 할 책무에 해당한다.

5천 년 역사를 가진 한민족의 나라, 우리 조국은 남북으로 동서로 갈라져서 70여 년을 단절의 고통 속에 살았다. 그러다가 이제는 보수와 진보의 이념 대결로 나라가 두 동강이 나는 지경에 이르렀다. 그동안 숱한 정치적 곡절이 있어도 이렇게까지 그 양상이 심각하지는 않았다. 그런데도 나라의 최고 지도자는 '국론 분열'이 아니라고 말하는 형편이다. 그래서 그 '첫 단추'를 생각한다. 그 정치 지도자들의 초심을 다시 점검해야 할 형국이다. 내 편만 감싸 안고 의견이 다른 상대방은 잘못이라고 간주하는 진영논리가 이 갈라치기의 첫 패착이다. 이것부터 고쳐야 옳을 것이다. 우리 모두 상대방이 틀렸다가 아니라 나와 다르다는 초보 산술을 다시 학습해야 할 것 같다.

우리가 누구를 용서할 수 있을까

동양문화권, 특히 한문문화권에서 고전으로 일컬어지는 저술 가운데에는 중국의 4대 기서奇書를 빼어놓을 수 없다. 이른바 『삼국지연의』, 『수호지』, 『서유기』, 『금병매』가 그 제목들인데 이 중 『삼국지연의』에는 3천여 명의 인물이 등장하여 위·오·촉한 등 3국시대의 파란만장한 사회상과 처세철학을 수놓고 있다. 여기서 더 범위가 확장된 중국 역사가 『열국지』다. 거기에 춘추전국시대의 제자백가와 걸출한 인품의 주인공들이 처처에 모래밭의 사금처럼 널려 있다. 『열국지』에 다음과 같은 일화가 있다. 춘추5패의 한 사람인 초나라 장왕의 이야기다.

어느 날 장왕이 신하들을 데리고 밤중에 촛불을 휘황하게 밝힌 다음 연회를 베풀었다. 그 중도에 느닷없이 일진광풍이 불어 불을 모두 꺼버렸다. 온 주석이 어둠에 잠겼다. 그러자 신하 한 사람이 술기운으로 장왕이 총애하는 애첩의 입을 맞추었다. 그녀는 신하의 갓끈을 뜯어 쥐고서 어서 불을 밝혀 갓끈의 임자를 찾으라고, 자신의 지혜와 정절을 자랑했다. 장왕은 불을 밝히지 않았다. 대신에 모든 신하들로 하여금 스스로 갓끈을 뜯어버리게 했다. 취중의 사소한 실수로 치부하고, 색출할 수도 있는 범인을 즉석에서 사면한 셈이다.

많은 나날이 지난 다음 장왕이 전쟁터에서 적군에게 포위되어 죽을 고비에 이르렀다. 한 사람의 장수가 목숨을 내던져 장왕을 구출하고는 부상으로 숨지게 되었다. 장왕이 물었다. "그대는 어찌하여 그대의 생명으로 나를 구했는가?" "왕이시여, 제가 바로 옛날의 연회 때에 갓끈을 빼앗겼던 자입니다. 그 은혜를 이제야 갚습니다." 그리고 그는 죽었다. 남을 용납할 만한 도량을 금도襟度라 부르는데, 역사는 장왕의 금도를 실증한 그날의 연회를, 끊을 '절', 갓끈 '영'자를 써서 절영연회絶纓宴會라 기록하고 있다.

하지만 우리는 대체로 남을 용서하는 일에 훈련되어 있지 못하다. 자신의 큰 잘못은 쉽게 용서하면서도 다른 사람의 작은 실수에 석연하지 못하는 경우가 많고 보면, 남의 눈의 티끌은 보면서 자기 눈의 들보를 보지 못한다는 성경의 비유가 뼈아픈 채찍이 아닐 수 없다. 참된 용서는 용서할 수 있는 사람을 용서하는 것이 아니라 용서할 수 없는 사람을 용서하는 것이라고 한다. 그러나 이 땅에 함께 살아가는 갑남을녀甲男乙女들이 이 논리적인 용서의 방식을 체현하고 실천하기란 실로 만만한 것이 아니다. 참된 용서를 실천하기 어렵다는 사실은 개인에게나 공동체에게나 매한가지인 것 같다.

오늘날 한국 사회를 극명하게 두 동강으로 갈라놓고 있는 보수와 진보의 대립 또한 상대방 진영을 이해하거나 용서하려는 시도가 전혀 없기 때문에 발생한 비극이다. 보수에도 건전한 측면과 부정적인 측면이 있는가 하면, 진보 역시 그렇다. 한 나라가 하나의 공동체로서의 질서와 국량局量을 구현하기 위해서는, 보수와 진보의 건전한 경향이 서로를 용납하고 손을 맞잡을 수 있어야 한다. 특히 정치가 그만한 역량의 전개를 시도조차 하지 못한다면, 그것은 소나 말의 정치다.

포용의 미덕을 기대하기 어려운 상황으로 몰고 가는 정치 지도자나 집단은 후세의 사필을 두려워해야 한다. 민족이나 국가의 앞날은 안중에도 없고 정치적 정파적 이익만 앞세우는 행태에서, 무슨 공동체의 내일을 일구어 나갈 정치력을 기대할 수 있겠는가. 내 편이 아니더라도 그 말과 형편에 귀를 기울이고, 때로는 대승적으로 한 발 물러서서 아량과 용서를 베푸는 큰마음의 정치인은 눈을 씻고 찾아도 보이지 않는다. 이들에게서 '선한 정치란 백성들의 눈에서 눈물을 닦아주는 것'이란 상식을 기대할 수 있겠는가. 공동체를 운위하기에 앞서 우리 개인의 심정을 성찰해 보자. 우리가 과연 누군가를 용서할 수 있을까.

오해와 편견

우리의 문화 전통과 풍습에서 까마귀는 해로운 새다. 까마귀 울음소리는 뭔가 불길한 일이 일어날 것을 예고하는 것으로 인식되어 왔다. '까마귀 노는 곳에 백로야 가지마라', '까마귀 검다하고 백로야 웃지 마라' 등의 시조 구절은 까마귀의 부정적 이미지를 나타낸다. 물론 뒤의 것은 겉과 속이 다른 사람을 비유적으로 비판하는 것이지만, 겉이 검은 것을 좋지 않게 보는 시각은 매한가지다. 반면에 까치는 길조의 대명사로 일컬어져 왔다. 아침에 사립문 밖의 나무에서 까치가 울면 그날 반가운 손님이 찾아오는 것으로 믿었다. '까치설날'이라는 동요가 말하듯이 누구나 까치가 마당에 깃들이는 것을 반겼다. 그런데 이 오랜 인식의 모형이 점차 바뀌고 있다.

　오늘의 우리 농촌에서 까치는 까치밥을 남겨서 먹일 손님이 아니다. 까치는 대규모 과수 재배 농가에 과일의 상품성을 떨어뜨리는 가장 큰 골칫거리가 되었다. 도심의 까치도 이와 크게 다르지 않다. 까치는 전봇대에 둥지를 틀고 새끼를 키워 정전을 일으키는 흉조凶鳥 혹은 해수害獸 취급을 받고 있다. 이는 우리 시대의 생활 양상이 과거와 달라지면서 변화한 현상이다. 반면에 까마귀는 해충을 잡아먹는, 농사에 이로운 익조益鳥이자 효조孝鳥로 신분이 달라지고 있다. 아마도 새까만 외양과 듣기에 불쾌한 울음소리를 가지고 있기 때문에, 그동안 부당한(?) 대우를 받아온 것이라 할 수도 있다. 이처럼 선입견이나 고정 관념에서 말미암은 오해와 편견의 사례가 우리 주변에 너무도 많다.

　서구, 특히 기독교 신앙에 바탕을 둔 담론에 있어 까마귀는 매우 유용한 도구로 사용되는 새다. 헛된 우상을 섬기는 이스라엘에 대한 여호와의 징벌로 수 년 동안 우로雨露가 그쳤다. 허기에 지친 선지자 엘리야가 요단 앞 그릿 시냇가에 있을 때, 여호와의 전령사인 까마귀가 아침저녁으로 떡과 고기를 날랐다.

까마귀는 음식을 가장 게걸스럽게 먹어치우는 새지만 그 본성을 억제하고 맡은 본분을 다하고 있음을 주목해야 옳다. 어떤 사례, 상황, 관계에 있어서도 한 범주 안에 서로 다른 방향성이 존재할 수 있다. 내가 보기를 원하는 방향, 내 입맛에 맞는 것만을 뒤따를 것이 아니라 사태의 진실이 무엇인가를 탐색하는 노력이 필요하다.

우리나라가 남북으로 나누어진 지 벌써 70여 년의 세월이 흘렀다. 한 나라가 분단되고 100년의 시간이 흐르거나 분단된 양자 간 국민의 평균 신장 차이가 10센티미터 이상이 되면 다시 통합하기 어렵다는 속설이 있다. 베네룩스 삼국은 원래 한 나라였으나 한 세기를 넘기면서 완전히 남남이 되고 말았다. 이제 겨우 한 세대의 시간을 남기고 있는 남북 간의 균열은 언어의 이질화를 통해서도 확인된다. 북한에서는 우리가 아는 오징어를 오징어라 부르지 않고 놀랍게도 낙지라고 한다. 반면에 오징어는, 『조선말대사전』에서 '몸통이 닭알 모양이고 좀 납작한 편'이라고 설명한다. 여기서 닭알을 달걀이고, 사전의 안내를 따르면 북한의 오징어는 우리가 말하는 갑오징어다.

이러한 사례들이 중첩되고 축적되면 마침내 언어이질화를

되돌리기 어려워진다. 아무튼 서로 이름을 바꾸어 부르는 것이 사실이고 보면, 그리고 이러한 언어의 교란이 한두 가지에 그치지 않는 것이고 보면, 국토의 통일이 요원한 터에 언어문화의 통합이라도 서둘러야 할 일이다. 북한의 특사로 청와대를 방문한 김여정이, '오징어와 낙지의 차이부터 통일해야겠다'고 한 적도 있다. 우리 삶의 도처에 이처럼 동일한 대상을 놓고 각기 다른 시각을 적용하는 경우가 즐비하다. 정말 올곧은 것은 무엇일까, 떠도는 풍문이나 거짓으로 호도된 것이 아닌 진실은 무엇일까를 찾는 사람이 너무도 귀한 세상이다.

사랑이 증발한 시대를 위하여

어느 여름날, 영국의 한 소년이 스코틀랜드 시골로 놀러 갔다. 날이 무척 더워서 소년은 호수에 들어가 수영을 하게 되었는데, 그만 발에 경련이 나고 말았다. 그가 거의 익사하게 될 무렵에 부근에서 일하던 한 시골 소년이 비명을 듣고 달려와 구해주었다. 그 영국 소년이 집으로 돌아와 아버지에게 모든 사실을 이야기하자, 아버지는 아들의 생명을 구해준 은인 소년의 소원이 무엇인지 알아오게 했다. 그 소년의 소원은 의학을 공부하는 것이었다. 재산이 많은 영국 소년의 아버지는 시골 소년이 의학 공부를 할 수 있도록 길을 열어주었다.

시골 소년은 진심으로 감사하면서 충실하게 공부했고 연구에 몰두했다. 그리하여 1928년 저 유명한 페니실린 발명의 위업을 이루었고 1945년 노벨 의학상을 받았으며 귀족의 작위까지 얻었다. 그가 바로 알렉산더 플레밍 경(1881~1955)이다. 그런가 하면 호수에 빠졌던 영국 소년은 제2차 세계대전에서 영국을 구한 수상 윈스턴 처칠 경(1874~1965)이었다. 제2차 세계대전 중에 처칠이 미국 대통령 루즈벨트 및 소련 수상 스탈린과 회담을 하게 되었을 때 폐렴으로 큰 고통을 당하게 되었는데, 그의 친구 플레밍이 발명한 페니실린으로 고침을 받았다. 플레밍은 물에 빠진 소년을 구하면서 전쟁의 도탄에서 세계를 살릴 정치력을 구했으며, 처칠 부자는 한 시골 소년을 도움으로써 질병의 고통에서 인류를 구할 신의학을 발굴한 셈이다.

미국 청교도 문학의 대표적 걸작 『주홍글씨』를 쓴 너대니얼 호손(1804~1864)은 일찍이 아버지를 여의고 편모슬하에서 고독하게 자랐다. 지극히 주변머리가 없던 호손은 생활이 궁핍했고 성격이 침울했다. 나중에 그가 미국의 당대 최고 소설가로 명성을 떨칠 수 있었던 것은 전적으로 그의 친구들 덕분이었다. 호손이 보든 대학을 다닐 때 절친한 세 친구가 있었다. 첫 번째 친구는 호레이쇼 브리지라는 이름으로 상당한 부호의 아들이었는데, 신출내기 호손을 위해 조건 없이 출판비를 부담해 주고 그가 문단에 데뷔하는 데 결정적인 역할을 했다.

두 번째 친구는 장편의 서사시 『에반젤린』으로 유명한 시인 헨리 롱펠로우였다. 호손보다 먼저 문단에 자리 잡은 그는 친구를 위하여 적극적으로 책의 서문을 써주고 친구가 이름을 얻는 데 헌신적인 노력을 아끼지 않았다. 세 번째 친구는 후에 미국의 제14대 대통령이 된 프랭클린 피어스였다. 대학시절부터 사교적이고 수완이 좋았던 피어스는 여러 가지로 호손을 도왔으며, 대통령이 되어서는 친구가 만년을 아늑하게 보낼 수 있도록 배려해 주었다. 말년의 호손은 피어스의 호의로 영국 리버풀의 영사로 가서 평화로운 집필생활을 하였다. 호손은 피어스의 전기를 써줌으로써 그 신세를 갚았다.

호손이 죽자 형제나 다름없던 친구들이 그의 마지막 길을 전송해 주었다. 훌륭하고 좋은 친구들을 만남으로 인하여 호손의 생애가 복된 것일 수 있었고, 세 친구는 그들의 아름다운 우정의 결실로서 미국이 자랑하는 아메리카 르네상스 시대의 대표적 문필을 추수할 수 있었던 것이다. 물론 이들 모두는 인류 역사의 한 페이지를 호화롭게 장식한 거인이요 거장들이다. 비록 우리가 그들처럼 시대를 넘어서 인구에 회자될 말한 중량을 갖지 못한 갑남을녀들이라 할지라도, 그들이 온 생애를 통해 모범을 보인 사랑의 결실을 본받지 못할 까닭은 없다.

사랑을 베푼 자가 사랑을 되돌려 받게 되고 사랑을 받아본 자가 사랑할 수 있게 된다는 소중한 깨우침이 거기에 있다. 그러기에 사랑하는 일이야말로 축복이 아닐 수 없다. 그런데도 자기를 낮추고 다른 사람, 특히 어려움에 처한 사람을 따뜻하게 대하는 경우는 참으로 드물고 사회 지도층에서는 그것이 훨씬 더하다. 하기로 한다면 우리 주위에는 사랑해야 할 이들이 너무도 많다. 이타적 사랑이 증발해버린 우리 시대에 정말 깊이 되새겨 볼 얘기들이다.

고칠수록 더 빛나는 것들

지난번 시론에서 필자는, 윤동주 시의 명편 「별 헤는 밤」 말미가 추후에 추가된 것이라고 밝혔다. 이 보완을 권유한 이는 시인의 지기이자 연희전문 후배인 정병욱 교수였다. "그러나 겨울이 지나고 나의 별에도 봄이 오면 / 무덤 위에 파란 잔디가 피어나듯이 / 내 이름자 묻힌 언덕 위에도 / 자랑처럼 풀이 무성할게외다." 이 네 줄이다. 만약 이 대목이 없었더라면 시의 의미, 서정적 감각, 수미상관한 균형 등이 보다 허약했을 가능성이 많다. 새로 추가된 시의 앞부분은 "딴은 밤을 새워 우는 벌레는 부끄러운 이름을 슬퍼하는 까닭입니다"로 되어 있었고, 정 교수는 "어쩐지 끝이 좀 허전한 느낌이 드네요"라고 말했다는 것이다.

황순원의 「소나기」 대단원은 원래 있던 네 줄을 삭제했다. 이를 권유한 이 또한 작가의 오랜 지기 원응서 선생이었다. 이 이름 있는 단편의 마무리는 언어의 생략과 여백의 극대화로 모범이 되었다. 「소나기」의 끝은 이렇게 소년 아버지의 말로 되어 있다. "그런데 참, 이번 계집애는 어린것이 여간 잔망스럽지 않어. 글쎄 죽기 전에 이런 말을 했다지 않어? 자기가 죽거든 자기 입든 옷을 꼭 그대루 입혀서 묻어달라구……" 원래는 그 다음에 다음과 같은 소년 부모의 대화 네 문장이 있었다고 한다. "아마 어린 것이래두 집안 꼴이 안될걸 알구 그랬든가 부지요? / 끄응! 소년이 자리에서 저도 모를 신음소리를 지르며 돌아누웠다. / 쟤가 여적 안 자나? / 아니, 벌써 아까 잠들었어요… 애, 잠고대 말구 자라!"

만약에 이 네 문장이 그대로 있었더라면 우리가 「소나기」에서 얻을 수 있는 여운과 감동이 훨씬 차감되었을 것임에 틀림없다. 원 선생은 이는 사족蛇足에 해당하니 과감하게 빼라고 했다는 것이다. 그런가 하면 다른 단편 「목넘이마을의 개」에 있어서도 결미 부분에 '지금도 경동시장에 가면…' 하고 개 이야기가 연장되는 부분이 있었는데, 이 또한 원 선생의 권유로 삭제했다고 한다. 일제강점기에 읽혀지지도 출간되지도 않는 작품을 써서 이를 되는대로 석유상자 밑에 넣어두곤 할 때부터, 원 선생은 작가의 유일한 독자였고 훈도薰陶였던 셈이다. 작가요 수필가인 두 분의 경우는 험난한 시대에 서로에게 좋은 독자요 친구가 되는 복을 누렸다.

역시 일제강점기에 순수하고 아름다운 우리 모국어를 지키면서 자연친화의 시세계를 가꾸어 온 시인들로 청록파 동인이 있다. 그 중 조지훈이 1946년 '목월에게'라는 부제를 붙여 쓴 시 「완화삼」은 길 가는 나그네의 외롭고 쓸쓸한 정서, 우리 시골 들녘과 마을의 풍광을 그림처럼 묘사해 보인다. 박목월은 이 시를 받고 감격해 마지않았고 그에 대한 화답으로 「나그네」를 지었다. 목월은 이 시를 발표한 지 30년이 지나 그 초고를 공개했다. 그는 이 초고를 백 번 가까이 갈고 다듬은 끝에 발표된 시를 얻을 수 있었다고 했다. 그 절차탁마切磋琢磨의 글쓰기 수련에 경탄을 금할 수가 없다. 초고와 완성본을 비교해 보면 별다른 설명 없이도 퇴고推敲의 소중함을 절감하게 된다.

초고는 이렇다. "나루를 건너서 외줄기 길을 / 구름에 달 가듯이 가는 나그네 / 길은 달빛 어린 남도 팔백리 / 구비마다 여울이 우는 가람을/ 바람에 달 가듯이 가는 나그네." 이에 대비하여 고쳐진 현재의 시는 다음과 같다. "강나루 건너서 밀 밭길을 / 구름에 달 가듯이 가는 나그네 / 길은 외줄기 남도 삼백리/ 술 익는 마을마다 타는 저녁놀 / 구름에 달 가듯이 가는 나그네." 미비한 부분을 고치는 일은 이처럼 힘이 들지만, 그것은 귀하고 값있는 것이다. 그렇게 잘 고쳐지면 많은 사람의 마음에 감흥을 일으키고 그 주변을 훈훈하게 만든다. 미비한 점에 있어서도 그러하다면 항차 잘못된 일을 고치는 것은 더 말할 나위도 없다. 어찌 문장뿐이랴, 우리 삶의 주변에는 고쳐야 할 잘못된 일들이 너무도 많다.

배려와 관용은 어디에 있는가

　갈색의 긴 머리에 실오라기 하나 걸치지 않은 아름다운 여성이, 붉은색 망토를 두른 백마를 타고 가는 그림이 있다. 1898년 영국의 화가 존 콜리어의 걸작인 '레이디 고디바'다. 얼핏 보면 고급스러운 춘화를 연상하게 하는 선정적인 작품이다. 그러나 이 그림에는 11세기 중엽 영국의 전설적인 귀부인 고디바에 관한 고결하고도 아름다운 이야기가 담겨 있다. 고디바는 당시 코벤트리 지역의 영주인 레오프릭 백작의 어린 아내였다. 칠십 노인인 백작은 전쟁 준비를 위해 농민들에게 가혹한 세금을 매겼고, 열여섯 꽃다운 나이의 아내는 백성을 사랑하는 마음으로 세금을 낮추어 달라고 간청했다.

매정하기 이를 데 없는 백작은 장난삼아 이렇게 말했다. "당신의 농민 사랑이 진심이라면 그 사랑을 실천해 보여라. 만일 당신이 완전한 알몸으로 말을 타고 영지를 한 바퀴 돌면, 그리고 농민들이 한 사람도 예외 없이 예의를 지킨다면 세금 감면을 고려하겠다." 그런데 고디바는 정말 그렇게 했다. 영주 부인의 소문을 들은 농민들은 감동하여 집집마다 창문을 닫고 커튼을 내려, 어린 숙녀의 고귀한 희생에 경의를 표했다. 이 전설적인 사건이 일어난 시기에 고디바의 나이는 30대 초반이었다는 기록도 있다. 이야기의 곁가지로 톰 브라운이라는 양복점 직원이 커튼 사이로 그녀를 몰래 훔쳐보다가 눈이 멀었다고 한다.

'피핑 톰peeping Tom(훔쳐보는 톰)'이라는 표현은 이렇게 관음증의 상징어가 되었다. 결국 고디바는 세금 감면에 성공했고, 아내의 용기와 선행에 감화된 백작이 선정을 펴게 됐다는 후일담이 전한다. 오늘날에도 코벤트리 지역의 상징은 말을 탄 여인이고 그 모형의 동상도 서 있다. 고디바의 감동적인 일화는 지금까지 유럽 전역에서 그림, 조각, 문학작품, 장식품, 이벤트 행사 등에 널리 소재로 사용된다. 특히 1926년 벨기에의 한 초콜릿 회사가 자국의 문화적 전통에 이 일화를 결부하여, 고디바를 상품의 표제로 삼았다. 품격 있는 포장지와 우아한 문양의 조개껍질 디자인을 갖춘 고디바 초콜릿은 세계적인 명품이 되었다.

이 한편의 드라마 같은 담론 속에는 힘없고 연약한 백성들에 대한 따뜻하고 눈물겨운 배려, 그리고 관용의 정신이 담겨 있다. 진정한 용서는 용서할 수 있는 것을 용서하는 것이 아니라 용서할 수 없는 것을 용서하는 것이라는 말이 있다. 배려 또한 그럴 터이다. 진정한 배려는 상대가 배려를 받았다는 사실조차 모르게 하는 것이 아닐까 싶다. 성경에서는 '구제할 때에 오른손의 하는 것을 왼손이 모르게(마6:3)' 하라고 가르친다. 중요한 것은 이러한 배려와 관용이 언젠가는 보응이 되어 자신이 위급할 때에 되돌아올 수 있다는 세상살이의 원리다. 바쁜 일상 속에서 앞만 바라보던 눈길을 멈추고 잠시 주변을 돌아보면, 이 쉽고도 어려운 일을 실천해야 할 대상이 너무도 많다.

이러한 대목과 관련하여 한국의 현실 정치를 한 번 돌아보지 않을 수 없다. 국민의 혈세를 받으면서 나랏일을 맡은 정치 세력의 무리 가운데, 정말 배려와 관용의 덕망을 보이는 인물은 눈을 씻고 찾으려 해도 잘 보이지 않는다. 정치인에게는 서로 다른 사상이 있을 수 있고 그 방향성도 다를 수 있다. 그러나 그 어떤 상황에서도 공인으로서의 금도襟度가 있고 지도자로서 지켜야 할 면색面色이 있다. 내 편의 이득이 아니라 공공의 과제, 정권적 목표가 아니라 국가적 책임을 감당하려는 실질적 언사와 행동이 증발한 지 오래다. 앞으로도 이 모양이면 정부와 국회, 각 정당의 수장은 모두 후세의 사필을 두려워해야 할 것이다. 한국 정치에 저 멀고도 오랜 시간 속의 고디바 이야기를 겹쳐 보는 이유다.

선 자는 넘어질까 조심하라

한동안 온 나라를 떠들썩하게 하던 한진그룹의 수장이자 한진가의 가장인 조양호 회장이 지난 8일 미국에서 사망했다. 향년 70세. 근자의 추세로 보면 많은 나이가 아니다. 장녀 조현아의 '땅콩회항사건'으로 시작되어 부인 이명희 및 차녀 조현민의 '갑질논란'을 거치면서, 기업 가치가 하락하고 정신적인 타격 또한 극심했던 것으로 알려져 있다. 사람이 세상을 떠나면 모든 것을 용서하는 것이 한국인의 심성인데, 이 경우에는 별반 그렇지 않은 것 같다. 빈소에 조문객은 넘치지만 여론의 반응은 여전히 싸늘하다. 가진 자의 오만과 공익을 외면한 여러 사례들이 쌓여서, 측은지심이 일어날 수 없도록 작용하는 것 같다.

조 회장의 타계는 광복 이래 70여 년 현대사에 있어서 한국의 기업이 가져야 할 인식 변화의 한 분기점을 말해준다. 그동안 오랜 관행이었던 오너 중심의 사고방식을 내려놓고 기업 공동체의 의지를 수렴하면서 경영에 임해야 한다는 사실을 환기한다. 거기에 기업의 이윤을 통해 사회적 기여를 실천해야 한다는 항목도 결부되어 있다. 물론 조 회장에게 '천인공노'할 죄목만 덧씌워져 있는 것은 아니다. 그는 부친 조중훈 창업 회장으로부터 물려받은 한진그룹과 대한항공을 굴지의 대기업으로 육성했으며, 항공산업 분야에서 큰 역할을 했다. 아무리 '과過'가 많아 지탄받는 인물이라도 그의 '공功'을 송두리째 무시하는 것은 온당한 처사가 아니다.

특히 그 부친 조중훈 회장의 기업관과 한국 경제개발 초기의 역할을 돌이켜 보면 안타까운 감회를 누르기 어렵다. 1969년 3월 한진상사는 당시 정부로부터 대한항공공사를 인수하고 대한항공으로 이름을 바꾸어 영업을 시작했다. 창업주 조 회장은 인수를 반대하던 임원들에게 다음과 같이 말했다. "결과만 예측하고 시작하거나, 이익만을 생각하고 수단 방법을 가리지 않는 것은 진정한 의미의 사업이 아니다. 모두에게 유익한 사업이라면 모든 어려움과 싸우면서 키우고 발전시켜 나가는 것이 기업의 진정한 보람이 아니겠는가." 이만한 기업 경영의 정신과 논리가 있었기에 이제까지의 대한항공이 가능했으리라 짐작된다.

조중훈 회장의 감동적인 창업 일화는 널리 알려져 있다. 6·25동란 발발 후 조 회장이 운영하던 물류회사의 운수트럭들은 모두 국가에 헌납되었다. 사업에 실패한 그는 낡은 트럭 한 대로 미군부대 청소 일을 시작했다. 어느 날 경인가도를 달리다가 차가 고장 나 어찌지 못하고 있는 외국 여성을 발견하고 한 시간 반이 넘도록 땀 흘리며 차를 수리해주었다. 그리고는 한 푼의 사례비도 받지 않고 밝게 웃으며 그 자리를 떠났다. 여성의 남편이 당시 미8군 사령관이었고, 이 젊은이에게 감동한 사령관은 미군에서 폐차되는 차량을 불하받고 싶다는 요청을 들어주었다. 폐차를 고치는 것은 그의 숙련된 능력이었으며, 그 폐차들이 중고차로 승격(?)하면서 지금 한진그룹의 모태를 이루었다는 것이다.

훌륭한 선진의 업적을 후손이 잘 계승해 나가기란 결코 쉽지 않은 모양이다. 그래서 창업보다 수성이 어렵다는 말이 있지 않은가. 조선조 초기의 뛰어난 군주로 평가되는 성종이 그 아들 연산군을 계도하지 못했다. 중국 전국시대의 천하를 통일한 진시황의 진秦나라도 그 아들 호해의 대를 넘기지 못했다. 이는 한진의 조 씨 가문뿐만 아니라 우리 모두에게 적용되는 역사의 교훈이 아닐까. 성경은 "선 줄로 생각하는 자는 넘어질까 조심하라(고전10:12)"고 가르치고 있는데, 기실 서 있을 때 넘어질 날을 생각하기란 누구에게나 쉽지 않다. 특히 자녀를 훈육하는 문제는, 상황 판단보다 혈육의 정이 앞서는 터이라 더욱 그렇다. 조양호 회장의 별세 소식에 잇대어 일어나는 절실한 후감이다.

육영育英의 꿈이 쌓아올린 금자탑

― 故 연곡 권상철 선생을 기리며

1. 교육의 길에 남긴 넓고 깊은 모범

사마천 『사기』의 한 대목인 〈화식열전貨殖列傳〉에는 인재를 육성하는 일의 중요성에 대해 널리 알려진 구절이 있다. "일년을 살려거든 곡식을 심고 10년을 살려거든 나무를 심고 100년을 살려거든 덕을 베풀어라居之一歲 種之以穀 十歲 樹之以木 百歲 來之以德"가 그것이다. 이 열전은 중국 춘추시대 말기에서부터 한나라 초기에 이르기까지, 재물을 모아 부자가 된 사람들의 이야기를 중심으로 각 지방의 풍속·물산·교통·상업 등의 상황을 서술하였다. 여기서 100년을 내다보고 덕을 베푼다는 것은 곧 사람을 기르는 일을 말한다. 이 부분이 오늘의 우리 사회 현실에서 제도화된 형식을 '교육'이라 한다. 영재를 육성한다고 해서 육영育英이라고도 한다.

서력기원 2천여 년에 이른 우리의 교육 현장에는 하늘의 성좌처럼 빛나는 많은 교육자들이 있다. 양洋의 동서를 바꾸어도, 서구의 페스탈로찌를 비롯한 많은 교육 위인들이 있다. 그 가운데 돌올한 한 이름이 있으니, 곧 연성대학교의 설립자 연곡 권상철 선생이다. 선생은 1914년 2월 경북 안동 출생으로 안동 공립보통학교와 경성사범학교에서 수학하고 중등교원검정시험을 거쳐 교직의 길을 걷기 시작했다. 의성보통학교 교원을 시작으로 여러 학교의 교감과 교장을 지냈고, 학교법인의 설립 등 경과를 거쳐 오늘날 최강의 교양교육과 취업훈련으로 명성이 높은 연성대학교의 주춧돌을 놓았다. 일생에 걸친 교육자로서의 길을 걷는 동안, 단 한 번도 좌고우면左顧右眄의 곁눈질을 한 적이 없었다고 한다.

바쁘고 힘든 교육의 행로 가운데서도 저술활동에 주력하여 중등학교 교과서 『고등공민』 6권, 중·고등학교 도의 교과서 『도덕』 4권, 사범학교 논리학 교과서, 저서 『도의교육의 이론과 실천』 등을 집필하고 문교부 교과서 편찬위원을 지냈다. 그런가 하면 한국전문대학교육협의회 회장을 필두로 한 공익 사회활동, 국민훈장 모란장 등 세 차례의 훈장 수훈 등 수많은 성취와 그에 대한 평가가 있었다. 지금 우리 사회에는 선생으로부터 우로雨露와 같은 은혜를 입은 많은 인사들이 포진해 있으며 사뭇 엄중한 강단에서 그리고 화기 넘치는 사석에서 선생이 남긴 금과옥조金科玉條의 가르침을 잊지 못하고 있다. 그런 점에서 보면 선생만큼 다복한 경우도 흔치 않을 터이다.

아직 생존해 계시던 2003년, 선생은 그간의 삶과 그 행적을 모두 집대성하여 회고록『사람에 심은 희망의 나무』를 출간한 바 있다. 그로부터 17년이 지나고 또 선생이 타계한지 10년이 지나서, 이제는 이 땅에 없는 선생을 기리며 제자와 후학들이 손을 모아 이 저작을 출간하고 있다. '사람에 심은 희망의 나무'라는 회고록의 표제가 가리키는 바와 마찬가지로, 선생은 온 생애의 과정을 통하여 사람을 귀하게 여기고 그 귀한 사람을 바르게 키우는 일에 온 힘을 다했다. 그러기에 선생을 두고 주저 없이 우리 시대의 사표師表라는 언사를 공여할 수 있을 듯하다. 선생의 교육사상과 철학은 연성대학교의 건학정신에 잘 나타나 있다. 이 대학은 경기도 안양시 만안구에 있으며,

1977년 안양공업전문학교로 출발하여 오늘에 이르렀다. 법인명 '연성研成'은 '깊이 있게 조사하고 생각하여 크게 모든 일을 이루자'는 뜻이다.

그 건학정신의 문면을 보면 도의교육道義教育 및 노작교육勞作教育의 이념과, 성실·창의·근면을 교훈으로 하고 있다. 이러한 이념이 구체화 된 것을 보면 홍익인간의 큰 우산 아래 사회 각 분야에 관한 전문적인 지식과 이론을 교수·연구하고 재능을 연마하여 국가사회 발전에 필요한 전문 직업인을 양성하는 것으로 되어 있다. 이렇게 보면 선생이 지향하는 교육의 궁극은, 정신과 실제가 함께 조화를 이루고 개인의 성장이 국가사회에 이바지하는 추동력이 되는 것을 목표로 한다. 한 시대 교육의 거인이요 스스로를 도의의 기초 위에 세워 국가 백년대계를 내다보는 교육의 미래를 제시한 이가 바로 선생이다. 선생의 삶과 업적을 기리며 다시금 옷깃을 여미는 이유다.

2. 세월의 굴곡을 넘어 빛나는 개가凱歌

연곡 선생이 살아온 시대는 암울한 일제강점기와 동족상잔의 6·25동란을 거치고 있다. 시절이 엄혹한 가운데 올곧은 교육자의 뜻을 세우고 자강불식自强不息의 수련을 게을리하지 않았다. 어려운 상황을 헤치고 자기를 일으켜 세우며 그렇게 확립된 기반을 확장하여 널리 주변을 이롭게 하는 것이 교육의 요체요 모범이라면, 선생의 삶은 그야말로 교육자로서의 표본에 해당한다. 교권이 추락하고 존경할 만한 스승을 찾기 어려운 동시대의 정황에 비추어 보면, 이렇게 선생의 행적을 살피고 본받으려 애쓰는 일 자체가 이를테면 교육적인 것이다. 선생이 가족보다 먼저 교육 공동체를, 그리고 사회와 국가를 유념했던 사실을 환기하는 일 또한 그러하다.

선생은 '한국 정신문화의 수도'라고 일컬어지는 경북 안동의 안동 권 씨 가문에서 출생했다. 세상이 변하여 과거의 역사나 가계의 족보가 크게 존중을 받지 못하는 세태 풍조가 편만해 있으나, 선생의 성장기에는 이 문중門中의 내력이 성씨 이상의 의미를 가지고 있었다. 그것이 선생으로 하여금 교육자의 외길을 갈 수 있도록 만들어준 힘의 원천이었다는 기록이 회고록에 보인다. 선생의 부친 또한 선비로서의 풍모를 지키며 단 한 번의 흐트러짐도 없이 산 분이었다 한다. 동양 문화권에서 학식과 인품을 겸비한 이를 일러 '군자君子'라고 호명하는데, 선생은 군자 가문에서 군자로 자란 복을 누렸다. 시대는 험난했으나 복된 고장 안동의 기세氣勢는 호활했다.

선생은 아홉 살까지 종조부가 훈장으로 있던 서당을 다녔고, 어린 나이에 종조부의 배려로 백정의 아들을 공부할 수 있게 하는 감동적인 사건을 겪었다. 힘없고 어려운 형편에 있는 자를 보살피는 것이 교육의 한 영역이라면, 그와 같은 체험은 그야말로 은금으로 그 값을 논할 수 없는 형국이 된다. 아홉 살부터 보통학교에 다니기 위해 안동 읍내로 나왔고, 다시 교육자의 뜻을 세워 사범학교로 진학했다. 경성사범을 다니는 동안 늘 '조선인'이라는 자기 정체성을 되새기곤 했다. 선생의 사회와 국가를 향한 교육입국의 꿈은, 식민지 지식인 청년의 자각과 울분이 그 자양분이 되었던 것으로 보인다. 이 과정 내내 그는 실력이 우수한 학생이었다.

선생은 경성사범 4학년 겨울에 결혼을 했다. 열아홉의 나이였고, 그때까지 한 번도 스무 살 신부의 얼굴을 본 적이 없었다. 요즘의 세태에 비추어 보면 황당한 일이지만, 당시로서는 그렇게 드문 사례도 아니었다. 양가의 혼약이 결혼으로 이어지던

순박(?)한 시절이었다. 그런데 다행스럽게도 신부는 마음을 채우는 참한 규수였다. 결혼생활과 함께 '식민지 시대의 조선인 교사' 역할을 시작했다. 교사 초년병 시기 선생과 관련된 일화는 회고록에도 여러 가지가 기록되어 있다. 선생은 언제나 '자기 공부를 잘하는 사람이 가장 훌륭한 선생'이라는 신조를 갖고 있었다. 그러나 당대의 사회 환경은 결코 만만치 않았다. 군국주의의 말기로 가면서 일제의 탄압은 점점 더 심해졌고, 그 곤고한 단계를 지나 마침내 조국 광복의 날에 이르렀다.

해방되었다고 모든 일이 쉬운 것은 아니었다. 오히려 새로운 교육에의 희망을 북돋우기 위해 더욱 혼신의 힘을 다해야 했다. 해방 직후의 좌우 대립과 반목으로 얼룩진 날들은, 선생으로 하여금 올바른 교육의 힘이 나라를 이끄는 동력이어야 한다는 생각을 더욱 굳게 했다. 그 이후 널리 알려져 있는 선생의 교육 활동, 저서 집필, 법인 설립 등의 행적은 기실 이와 같은 혼란기의 단련을 거친 인간의지 또는 인간승리의 결과이기도 했다. 여기서 굳이 선생의 성장기와 교육 초창기의 이력을 공들여 찾아본 까닭이 거기에 있다. 6·25동란을 거쳐 한국 사회가 일시적으로 안정되는가 하면, 다시 4·19의거와 5·16쿠데타의 격변을 겪어야 했다. 선생의 시각으로는 이 모든 외형적 파랑波浪이 궁극에 있어서는 각기 개인의 내면적 심성과 연관된 교육의 문제로 귀결될 수밖에 없었던 터이다.

하나의 공동체나 사회 또는 국가가 감당해야 하는 시대의 아픔은 곧 교육현장의 아픔이라는 것이 선생의 오랜 신념이었다. '험악한 시대를 깨어 있는 정신으로 살았다'라고 한 것은『실낙원』을 쓴 영국의 문호 존 밀턴의 말이지만, 연곡 선생은 격변하는 근·현대사의 굴곡과 아픔 가운데서 교육의 정도正道를 지킨 군자의 교육자요, 수발秀拔한 교육행정가요, 인간·인격교육의 귀감이었다. 허약한 학교법인을 인수하고 오늘의 연성대학교로 성장시키기까지 선생의 끈기 있는 노력과 활동상, 그 성과를 여기에 상세히 기술할 수는 없다. 분명한 것은 선생이 존재한 자리에 한국의 육영사업은 하나의 보기 드문 금자탑을 남겼다는 사실이다. 그 개가凱歌의 합창과 더불어 후진으로서 삼가 선생께 존경과 감사의 말씀을 드려 마지않는다.

설화 속 '월이'를 오늘에 되살리려면

우리 고향 고성에 설화로 전해지는 의기義妓 '월이'는, 이순신 장군의 당항포 해전을 승리로 이끌게 한 결정적인 공로자였다. 다만 이 역사적 사실이 공식적이고 객관화된 기록으로 남아 있지 않아서 그 현양사업이 활기를 띠지 못한 아쉬움이 컸다. 그렇다고 해서 당대의 험난한 시대상 가운데 불우하고 연약한 한 여성이, 스스로 생명을 던져 나라를 위해 헌신한 고귀한 정신이 스러지는 것은 아니다. 여기에 문제의 핵심이 있다. '월이'의 공로를 현창하고 공익의 덕목을 본받는 것은, 단순한 역사 해석과 평가에 그치는 일이 아니라 후대가 마땅히 수행해야 할 책무다. 역사를 기록하는 사필史筆이나 그에 의미를 부여하는 문필文筆도 그러하거니와 우리 시대의 관민官民 모두가 이 책임으로부터 멀리 있지 않다.

고성의 '월이'를 설화 속에서 불러내고 그 삶의 행적을 재구성하며 기림의 방향성을 탐색하는 일은 그다지 오래되지 않았다. 근년에 고성문화원과 고성향토문화선양회의 활동에 힘입어 '월이'의 재조명 운동이 본격화된 것은 참으로 높이 평가할 만한 국면의 전환이다. 기실 고성에 거주하거나 고성 출신인 많은 이들이 이 설화의 구체적 내용을 모르고 있는 경우도 많았다. '월이'는 왜란 때 고성 무기정이라는 주점의 기생으로 왜국 첩자의 지도를 조작함으로써 병선兵船의 진로를 호도했다. 그 결과로 해전의 큰 승리를 견인했으나 정작 '월이' 자신은 왜장의 칼 아래 목숨을 잃었다. 진주 의기 논개나 3·1운동 때 앞장섰던 해주 기생들과 같이 민족혼의 정화精華를 보였지만, 그 사실史實은 역사의 갈피 속에 묻혀 있었다.

이와 같은 마당에 '월이' 현양사업을 새롭게 부양하는 데는 몇 가지 유의해야 할 대목이 있다. 먼저 이 소중한 설화가 그 존재 및 가치를 오늘의 현실 가운데 정초하도록 사실성을 강화하는 일이다. 그러하기 위해서 '월이' 담론을 증빙할 수 있는 자료를 모으고 이를 체계적이고 객관적으로 해석하여 그 정본을 확정해야 한다. 사료의 수집과 학술 연구가 병행되어 설화가 역사로 납득되면 우리의 '월이'는 옛이야기 속에서 실제적인 오늘의 현실 가운데로 걸어 나오게 된다는 뜻이다. 이 과정이 보다 확고하게 그리고 설득력 있게 추동되어야 그를 바탕으로 '월이'가 고성이 자랑하는 하나의 '문화 브랜드'가 될 수 있다. 그것을 먼저 고성 군민들이 충분히 이해해야 하고 그런 연후에 군의 경계를 넘는 확산을 도모할 수 있을 것이다.

다음으로 '월이'를 소재로 한 활발한 재창작 작업, 그 캐릭터가 문화예술의 대상 인물로 부각될 수 있는 기반을 마련해야 한다. 지금까지 '월이'를 형상화 한 소설, 시, 희곡, 공연자료 등이 상당 부분 적층되어 있으며 이 예술적 성과는 '월이' 담론의 외연을 확장하는 데 기여했다. 특히 정해룡의 장편소설 『월이』를 비롯하여 최송림의 희곡 『간사지』 등의 성취는 매우 값이 있다. '월이'가 한 지역에 국한된 역사인물로 인식되는 데 그치지 않고 한 시대의 표본이 될 만한 국가적 위인으로 전화轉化하기 위해서는 여기서 여러 걸음 더 나아가야 한다. 그 인물의 외형과 내면에 관한 서사도 여러 방향에서 제기되어야 하고, 그러자면 앞으로 더 많은 문예작품이 산출되도록 독려해야 한다. 여러 지자체가 자기 지역 역사인물을 대상으로 장편소설을 공모하는 것도 그 때문이다.

이제는 불멸의 고전이 된 논개, 춘향, 황진이 등의 서사를 보면 다양다기한 문학 및 예술적 표현과 형상력이 그 위명을 뒷받침하고 있다. 역사서에 남은 기록은 간략한 몇 줄에 그치지만, 그 뼈대에 살을 붙이고 옷을 입힌 상상력의 풍성함이 이들을 우리와 동시대를 호흡하는 캐릭터로 이끌고 있는 것이다. 이러한 상황을 고성군의 문화 당무자들은 깊이 있게 들여다 볼 필요가 있다. 예술적 영역이 세간의 관심을 증폭하게 되면, 그 다음에는 현실적 정책 수립이 가능하다. 예컨대 '월이를 생각하는 고성군민 100인의 기억'이나 '월이 소재 장편소설 공모전' 같은 행사를 기획해 볼 수도 있고, 경상남도나 정부와 협의하여 '월이'를 역사 속의 애국 인물로 밀고 나갈 수도 있다.

때마침 오는 29일 서울에서 고성향토문화선양회 주최로 제2회 학술세미나가 열려 '월이 설화의 정본 확립과 문화콘텐츠 구현 방안'이란 주제로 뜻깊은 발표 및 토론이 예정되어 있다. 지난해 9월 진주에서 열린 제1회 세미나에 이어 이 설화의 성

격을 다시 진단하고 지금까지의 성과를 확인하며 향후의 활성
화 방향을 찾는 모임이다. 같은 재료라도 그것을 어떻게 다루
느냐에 따라 부가가치가 천양지차로 달라진다. '월이' 담론은
하기에 따라 얼마든지 국가적 세계적 문화 브랜드로 성장하고
발전할 수 있다는 말이다. 고성을 발원지로 하는 디카시가 세
계무대로 진입하고 있는 명백한 사례가 그 한 모범이다. 문학,
공연 및 영상예술, 문화콘텐츠, 예술 조형, 소품 개발, 유적지
조성 등 여러 부면에서 이 민족혼의 기개를 기릴 사업들이 영
명한 후세의 손길을 기다리고 있다.

묵상과 기도가 인도하는 글쓰기의 길

　'나의 글쓰기'란 생각을 붙들고 다닌 지 여러 날이건만, 글의 실마리가 풀리지 않았다. 눈앞에 있는 다른 화급한 일 때문인지, 아니면 원체 내가 아둔한 때문인지 알 수가 없다. 그러나 이 새벽에 흠칫 깨닫는다. 아하, 내가 급한 것은 해결해 달라고 기도하면서 좋은 글을 쓰게 해 달라고 기도하지 않았구나. 또 내 생각이 앞서 있었구나. 새벽 책상에서 묵상을 마치고 그동안 글쓰기에 대해 내가 쓴 글들을 찾아보았다. 그리고 거기서 생각의 줄을 얻었다.

　문학 지망생이었던 내가 고등학교 2학년 때 만난 홍자성의 『채근담』은 전혀 새로운 세계의 발견이었다. 나는 이 그다지 무게감 없는 중국 명나라 말엽의 처세철학서에 경망하게 경도되었다. 그 가운데 다음과 같은 구절이 있다.

'오얏나무 밑에서 갓을 바로잡지 말고 오이 밭에서 신발을 고쳐 신지 말라.'

어린 마음에 참 그렇다 싶었다. 그런데 또 다음 구절을 보고는 이 책이 무슨 삶의 계시를 말하는 것처럼 느꼈던 것인데, 내 부족하고 깊이가 덜한 글쓰기의 행적은 그로부터 시발이었다.

'보라! 천지는 조용한 기운에 차 있다. 그러나 모든 것이 쉬지 않고 움직이고 있다. 해와 달은 주야로 바뀌면서 그 빛은 천 년 만 년 변함이 없다. 조용한 가운데 움직임이 있고 움직임 속에 적막이 있다. 이것이 우주의 모습이다. 사람도 한가하다고 해서 가만히 있어서는 안 되며 한가한 때일수록 장차 급한 일에 대한 준비를 해 두는 것이 좋다. 그리고 아무리 분주한 때일지라도 여유 있는 일면을 지니고 있을 것이 필요하다.'

기실 삶의 완급을 조정하는 지혜를 가르친 이 대중교화론은, 경학經學에 명운을 건 유학의 정명주의자正名主義者들에게는 외면당할 수밖에 없는 것이었으되, 당시의 필자에게는 알지도 못하는 상관없는 일이었다.

거기서부터 문장을 외우고 글을 쓰기 시작했다. 하기로 하면 외어야 할 시와 산문들이 즐비했고, 또 그렇게 외운 문장의 구절들은 글을 쓰는 펜 끝에서 여러 모양으로 되살아나 허약한 내 글쓰기를 부축해 주었다. 비단 글뿐이겠는가. 글은 곧 말이니, 말 속에도 암기된 문장의 조력이 마른 나무뿌리를 적시는 지하의 수맥처럼 흔연했다. 그 무렵 그렇게 외운 시와 문장이 3백 편을 넘었던 것 같다.

내 외우기의 발걸음이 한동안 머물렀던 곳은, 이백과 두보의 종횡무진한 시편의 집산지 당시唐詩의 세계였다. 이백의 다음 시 「산중문답山中門答」 가운데 '답산중인答山中人'은, 나로서는 끝까지 실현 불가능할 세속으로부터의 초절超絶이 어떤 것인지를 어렴풋이나마 짐작하게 했다.

누가 내게 묻기를 왜 푸른 산에 사느냐길래問余何事棲碧山

웃고 대답하지 아니하니 그 마음 절로 한가롭구나笑而不答心自閑

복사꽃 흐르는 물에 아득히 멀어져 가는데桃花流水杳然去

별천지에 있으니 인간 세계가 아니로구나別有天地非人間

한때 고전문학을 공부하고 중국 한시를 전공해 볼까 고민했을 만큼, 이 시는 그 고운 무늬결과 웅숭깊은 존재감으로 내게 육박해 왔다. 그와 같은 들뜬 마음을 가라앉힐 수 있었던 것은 우리 옛글에도 그에 필적할 재능과 표현이 잠복해 있음을 발견하고서였다.

비 갠 언덕 위에 풀빛 푸른데 雨歇長堤草色多

남포로 님 보내는 구슬픈 노래 送君南浦動悲歌

대동강 물이야 언제 마르리 大同江水何時盡

해마다 이별 눈물 보태는 것을 別淚年年添綠波

고려시대의 천재 시인 정지상이 지은 「님을 보내며 送人」라는 절창이다. 이별을 슬퍼하는 눈물이 얼마나 많이 대동강에 보태어지는지 그 강물이 결코 마를 리 없다는, 함축적 표현의 묘를 얻었다.

이렇게 외우고 있는 글들은, 아직도 내 마음 속 보고 寶庫를 채우고 있는 재산 목록들이다. 선비의 글방을 북창 北窓이라 하는데, 이들은 거기 글 쓰는 동도 同道에 참예한 귀한 손님들이다.

나는 나의 남아 있는 날들을 도리 없이 그리고 기꺼이 이들과 어깨를 겯고 살 것이다. 고단한 글쓰기 길 나그네의 길벗으로서, 이들보다 더 미더운 동역자가 어디 있겠는가 말이다.

한국 문단에 문학평론가로 그 이름을 등재한지 올해로 꼭 30년이 되었다. 그동안 참 많이 읽고 많이 썼다. 비평문으로 쓴 글을 엮어 9권의 평론집을 냈고, 그 책들로 7개의 문학상을 받기도 했다. 주요 일간 신문에 쓴 문화칼럼을 모아 몇 권의 산문집을 내기도 했다. 이제야 글을 쓰는 것이 무엇인지, 어떻게 하는 것인지 조금 알 것도 같다. 그런데 이 근자에 매일 기도하며 하나님께로 나아가야 할 엄청난 숙제를 만나면서, 내 삶과 믿음 그리고 공부와 글쓰기에 대해 다시 되돌아보게 되었다.

내가 처음 문학에 대해, 말과 글에 대해 집중하며 하나씩 세웠던 가설은 별반 틀린 데가 없었다. 아니 오히려 그 철없고 물정 모르던 시절의 글쓰기 방향성이 더 풋풋하고 싱그러웠다. 오히려 삶의 폭이 확장되면서 원래의 초발심初發心을 잊거나 잃지 않았는지 더 걱정해야 할 형국이었다.

일찍이 윌리엄 워즈워드가 '어린이는 어른의 아버지'라고 그의 시 한 구절로 썼듯이, 어른이 되는 것은 꼭 지켜야 할 것 가운데 많은 부분을 상실하는 것이기도 하겠다. 그래서 문학이론가들이 때를 따라 아리스토텔레스의 『시학』을 다시 꺼내 읽듯이, 내 어리고 젊은 날의 읽기와 쓰기에 대해 돌이켜 보았던 터이다.

또 하나 참으로 아프게 깨우친 사실은, 그처럼 오랜 세월에 걸친 나의 글쓰기 가운데 신실한 믿음 위에서 기도하며 쓴 글의 분량이 얼마나 되느냐는 것이었다. 신앙인으로 살면서 이와 같은 반성을 이제 와서야 하는 일이 참으로 부끄러웠다. 어쩌면 거기에 내 문필의 한계가 잠복해 있는지도 모른다.

누군가 한국 현대문학의 가장 주요한 단처를 말하라고 한다면, 이는 두말 할 것도 없이 '사상을 담은 문학의 부재'라 해야 옳다. 한 개인은 물론 우리 문학 전체의 형상을 보아도 그렇다. 그런데 신앙과 문학의 조화로운 만남은 이 오래고도 깊은 결손을 메우는 치유제에 해당한다. 단테의 『신곡』이나 존 밀턴의 『실락원』에서부터 시작하는 서구의 기독교 문학은 이에 대한 좋은 반증이다.

이제껏 내가 기독교 문학 또는 신앙과 관련하여 상재한 책은 모두 6권이다. 『황금 그물에 갇힌 예수』와 『기독교 문학과 행

복한 글쓰기』라는 산문집 2권, 『기독교 문학의 발견』이라는 소
책자 1권, 『다시 부활을 기다리며』와 『기독교 명저 산책』이라
는 편저 2권, 그리고 『문학으로 만나는 기독교 사상』이라는 저
서 1권이 그 품목 명세다.

　글쓰기 전문가의 연륜 30년에 이르러, 그리고 내 신앙의 연
륜 모두를 함께 돌아보는 시점에 이르러 낮고 겸손한 마음으로
점검해 보니, 거기 글에 대한 뜨거운 열정은 있었지만 글의 수
준과 읽는 이에게 전달되어야 할 감동에 대한 깊이 있는 성찰
이 부족했다. 더 구체적으로 말하자면 글을 쓸 때마다 묵상하
고 기도하는 신앙인의 미덕을 놓쳤던 것이다.

　아하! 이는 결코 작은 문제가 아니다. 앞으로 언제까지 지속
될지 알 수 없으나 내 글쓰기의 방식을 전면적으로 혁신하지
않고서는 그저 그런 글밖에 쓸 수 없을지 모른다는 절박한 깨
달음이 가슴에 차오른다. 수백 편의 범상한 글보다 한 편이라
도 길이 남을 글을 써 보자면 여기 이 각성이 내 글을 지배하도
록, 그리고 처음 글쓰기를 시작하던 때의 순수성을 잊지 않도
록, 기도하며 가는 길을 걸어야 할 것 같다.

Ⅳ. 내실과 세계화의 소통

꼭 통일을 해야 하나요?

2019년 7월 필자는 여의도 이룸센터에서 '통일문화의 새로운 가능성'이란 주제로 강연을 했다. 사단법인 미래복지경영이 주최하고 서울특별시가 후원한 행사다. 이날 필자는 대학 강의실에서 젊은 세대의 학생들이 던지던 질문을 소개했다. 우리가 아무리 북한에 호의적인 도움의 손길을 건네어도 북한에서는 철저하게 이익이 계산된 반응만 보이는데, 굳이 어렵고 힘들게 통일을 해야 하느냐는 것이다. 그럴 때마다 필자는 다음과 같은 두 가지 반문을 했다. 오늘과 같은 북한의 어려움을 두고 그 잘못을 물어야 할 대상은 북한의 위정 당국이지 피해자인 인민이 아니지 않은가. 그리고 그 북한 주민 가운데 내 가족이나 친지가 남아 있다고 생각해 보았는가.

남북문제는 그 안건 자체가 무겁고 우울하다. 이날 강연회에서는 그러한 부담을 덜고자 시작 전에 서민정 씨 등 연극배우들이 등장하여 공연 시간을 가졌다. 21세기 들어 창작된 북한시인의 시 2편과, 6·25동란 중에 서로 반대편으로 엇갈린 어린 시절 동무의 이야기를 그린 황순원의 「학」을 입체낭독으로 읽었다. 1967년 주체사상과 주체문학의 형성 이후 북한문학을 일관한 창작 주제는 '수령형상화'에 관한 것이다. 1980년대 이후 이른바 '사회주의 현실주제'가 등장하는데, 그러한 연유로 문선건의 「50년 그해 여름」과 박세일의 「시인과 통일」은 상당 부분 이념적 색채가 가려진 편이었다. 「학」은 주지하다시피 이념의 갈등을 인간애의 발현으로 넘어서는 수발한 작품이다.

통일문화에 관한 강연은 왜 통일문화이고 통일문학인가, 시대적 당위로서의 통일문화, 통일문화와 남북한 문화이질화의 극복, 한민족 문화권 문학의 가능성 등의 항목에 따라 진행되었다. 이 강론의 순서 가운데 필자가 애써 강조한 대목은, 남북의 소통과 교류에 있어 정치와 국토의 통합은 맨 마지막 단계이며 가장 앞쪽으로 내세워야 하는 것이 문화 통합이라는 논리였다. 사람이 빵 만으로 살 수 없다면, 정치는 눈앞의 빵이요 문화는 그 삶의 길을 지탱하게 하는 정신이다. 동서로 분단된 두 나라를 통합한 독일 통일의 사례에서 볼 수 있듯이, 두 정치 체제가 문화적 사회적 접근을 앞세워서 점진적으로 민족적 문제를 해결한 역사의 교훈이 있다.

근자의 남북관계를 보면 이 오랜 분단극복의 방정식이 전혀 새로운 국면으로 진입하는 것을 목도할 수 있다. 문화 예술 체육 등 보다 쉬운 분야의 교류를 건너 뛰어, 양국 정상이 만나 정치적 해법을 모색하는 상황이 연출되고 있는 것이다. 필자는 이렇게 말했다. 이 새로운 방식이 문제풀이의 정답을 도출함으로써 필자의 논리와 주장이 잘못된 것이 되기를 간절히 바라마지 않는다고. 그런데 겉으로 휘황찬란한 이 도식이 자칫 속빈 강정이 될 수 있다는 우려가 만만치 않다. 국민의 환호 속에 만남을 이어가면서도, 비핵화나 이산가족 상봉 등의 원론적인 숙제는 전혀 진척이 되지 않는 현실이 이를 말한다. 그래서 여전히 '문화'인 것이다.

이 근본적인 바탕이 폭넓게 펼쳐지지 않고서 70여 년 해묵은 문제가 쉽사리 풀릴 길이 없는 터이다. 그런데 정작 참석자 모두가 눈시울을 적신 순간은 마지막 질의토론 때였다. 한 여성 참석자가 왜 통일을 하지 않으면 안 되는가, 그리고 통일이 결코 남한에 손해가 아님을 간곡하게 설명했는데 그는 온갖 우여곡절을 다 거친 탈북민이었다. 또 한 사람, 갑자기 '고향이 그리워도 못가는 신세…'라는 노래를 부르며 말을 시작한 노인은 황해도 연백이 고향인 실향민이었다. 이처럼 마음이 궁벽한 이들의 눈에서 눈물을 닦아주는 것이 정치여야 하지 않을까. 이들의 마음이 모여 민심이 되고 국론이 되는 것이 아닐까. 북한과의 미래는 그야말로 정권적 차원이 아니라 민족적 차원에서 접근하고 수행해야 마땅하리라 본다.

시인 윤동주를 지키기 위하여

　지난 5월 18일부터 이틀간, 필자는 박경리 토지학회의 봄학술대회를 위해 경남 하동과 전남 광양을 다녀왔다. 광양 망덕포구에는 '윤동주유고보존 정병욱가옥'이란 '대한민국 근대문화유산'으로 지정된 문화재가 있다. 그곳은 윤동주와 연희전문을 함께 다닌 후배 정병욱 교수가 윤동주의 친필 유고를 어렵게 보존했다가, 광복 후에 『하늘과 바람과 별과 시』라는 시집을 간행하면서 시인 윤동주를 널리 알린 전설 같은 사실史實의 현장이었다. 「서시」 못지않게 우리에게 익숙한 「별 헤는 밤」의 말미 네 줄, "그러나 겨울이 지나고 나의 별에도 봄이 오면 / 무덤 우에 파란 잔디가 피어나듯이 / 내 이름자 묻힌 언덕 우에도

/ 자랑처럼 풀이 무성할 게외다"는 정병욱의 충고에 따라 시인이 덧붙인 것이었다.

이 가옥 앞 표지판에는 윤동주의 출생지인 북간도 룡정현 명동촌에서 광양 망덕포구에 이르는 길을 백두대간 줄기 따라 연결해놓은 지도가 그려져 있었다. 그랬다. 삼천리강토를 가로질러 이 문약하고 서정적인, 그러나 치열한 문학정신을 가졌던 시인은 짧지만 확고한 생애의 흔적을 남긴 터였다. 이 늦은 봄의 문학 여행길에서 윤동주를 만나니, 얼마 전 룡정 명동촌에 있는 시인의 생가를 다녀온 기억이 새로웠다. 룡정은 일송정과 해란강, 용두레 우물터와 명동학교 그리고 은진학교의 유적이 그대로 남아 있는 조선민족 항일 저항운동의 박물관과 같은 곳이다. 중국 정부가 연변조선족자치주의 주도를 룡정이 아닌 연길로 유도한 것은, 이런 역사적 의미와 관계가 있어 보였다.

윤동주 생가는 5칸 일자형 옛 가옥의 모습으로 복원되었고 경내에 부대시설과 마당을 즐비하게 채운 시비詩碑들이 늘어서 있었다. 그러나 그 입장료를 받는 매표소의 직원은 조선족이 아닌 한족이었다. 그로부터 백 미터 이내의 거리에 시인의 열혈 동역자 송몽규 생가도 복원되어 있었는데, 거기는 아무래도 규모가 좀 협소했다. 이들이 함께 다닌 명동학교 또한 과거의 모습으로 복원되어 있었다. 이 학교는 시인의 외조부 김약연 의사義士가 세운 사설 교육기관이었다. 봄비가 시야를 가로막기는 했지만, 그 학술 세미나와 문학여행 주관자였던 김사인 시인은 학교 전방에 펼쳐진 풍광을 바라보면서 이렇게 말했다. "저 순하고 아름다운 하늘과 산과 수풀, 윤동주의 순정한 감성은 이 순후한 자연에서 온 것입니다."

그러나 이 역사의 자취와 문화의 향기를 찾아가는 발걸음이 마냥 행복한 것이 아니었다. 우리는 윤동주를 두고 연희전문을 다니고 항일 저항시를 썼으며 스물아홉의 젊은 나이에 일본 후쿠오카 형무소에서 순국한 우리의 시인이라고 철썩 같이 믿고 있다. 그러나 중국 조선족의 시각으로 보면 윤동주가 당연히 조선족 시인이고, 중국의 소위 '동북공정'으로 말하면 중국 소수민족 시인이라는 것이다. 문제는 이러한 주장이 터무니없다고 도외시할 수 없다는 데 있다. 이와 같은 삼엄한 인식의 차이가 양자 가운데, 아니면 삼자 가운데 위태롭게 가로놓여 있기 때문이다.

민족문화와 민족어의 개념으로 보면 윤동주는 당연히 우리의 시인이다. 그러나 오늘날의 국토와 국적 개념으로 보면 중국 조선족과 정부의 인식을 아무 전제조건 없이 틀렸다고 할 수가 없는 것이다. 문화의 영역은 현실적인 대립을 축소하고 그 본질을 함께 향유하는 방향으로 나아가야 옳다. 국가와 국가, 민족과 민족 사이에 이에 대한 쟁투 보다는 상호 협력을 통해 문화유산을 미래의 동력으로 가꾸어야 한다. 이를 위해서는 나라가 강국이어야 하고, 강국은 국론이 통합되어 한 방향으로 작동하는 저력을 바탕으로 할 때 가능하다. 오늘날과 같이 지리멸렬한 국가 지도자들의 행태는 그래서 참으로 걱정이다. 이렇게 해서는 민족사의 소중한 시인 한 사람도 제대로 지킬 수 있을 것 같지 않다.

※

'일본'보다 먼저 '우리'를 보자

한일 간 '경제전쟁'이 점점 격화되고 있다. 과거사 문제에서 시작된 양국의 갈등은 점점 갈등의 골이 깊어져서 이제는 마주 달리는 기관차의 형국이 되었다. 대립과 충돌을 이끄는 힘의 선두에 각기의 정부가 서 있다. 이 새로운 형식의 전쟁이 서로에게 유익하지 않다는 사실을 모두가 알고 있다. 그런데도 물러서기 어려운 것은 그것이 감정적 대응을 배제하지 않고 있기 때문이다. 이를테면 과거에 눈길을 두고 미래를 외면하는 일을 마다하지 않는 것이다. 어떤 싸움이든 이기는 이는 감정을 앞세우지 않는다. 당장은 분하고 억울하더라도 사태의 핵심을 면밀히 분석하고 냉정하게 대처해야 하며, 때로는 살을 주고 뼈를 얻는 육참골단肉斬骨斷의 결단이 필요할 때도 있다.

그런데 지금 우리 사회는 이 싸움을 이기는 방향으로 가져갈 자기절제와 합리적이고 객관적인 시각의 확보에 그다지 관심을 두지 않는다. 동네 아이들의 골목 싸움에도 붙이는 쪽이 있다면 말리는 쪽이 함께 있는데, 이번에는 그처럼 양쪽에 선한 영향력을 미칠 세력도 없다. 어쩌면 한쪽 또는 양쪽이 극심한 피해를 자각할 때까지 계속될지도 모른다. 이러한 경우 '정치'가 건곤일척乾坤一擲의 승부를 향해 내달리는 상황에 이르러도 따로 소통하고 협의할 수 있는 뒷길이 남아 있는 것이 상례다. 그것은 양자의 관계를 되살릴 수 있는 윤활유이며 오래 축적되고 지속된 국제관계의 재료를 말한다. 곧 외형적으로는 '외교' 요 내면적으로는 '문화'란 이름을 가진 것이다.

그런데 한일관계의 외교채널은 이미 기능을 발휘할 수 없는 지경에 이르렀다. 그렇다고 문화의 역할에 기댈 수 있는 형편도 아니다. 필자가 오랫동안 붙들고 있던 생각은 아무리 정치적 국면이 어려워도 문화적 교통의 길이 차단되어서는 안 된다는 것이었다. 심지어 가장 극단적인 경색의 국면에 처했을 때의 남북관계에 있어서도 이 방정식이 유효하다고 생각한 터였다. 이번 일본의 무역 보복조치와 한국의 반발이 이어지면서, 필자는 십여 년을 계속해온 문화 행사에서 예정된 일본 작가 초청을 중도에 그만둘 수밖에 없었다. 물론 오랜 경과 과정이 있으므로 그대로 진행해도 할 말이 없지 않겠으나, 전반적인 사회적 분위기에 비추어 이를 그대로 추진할 수가 없었다.

그만큼 이 난국이 만만치 않다는 뜻이다. 어차피 정부가 이 쟁투에 앞장서 있고 온 국민이 이 대열로부터 자유롭지 못하다면, 정부도 국민도 지금 선 자리와 갈 길을 지혜롭게 바라보면서 이길 수 있는 방안을 찾아야 한다. 일본이 과거사 부인에서 보이는 후안무치한 태도는 어제 오늘의 일이 아니다. 감정적으로 일본을 탓하기에 앞서, 그러한 관성을 가진 상대방을 두고 우리가 놓친 것이 무엇인지 먼저 살펴야 한다. 곧 우리 생각과 논리의 허점을 먼저 보아야 한다는 뜻이다. 그래야 우리의 주의주장이 밖으로는 국제사회를 설득하고 안으로는 국민을 견인할 수 있을 것이다. 특히 국내의 자성론自省論과 냉소적 분위기가 현저히 살아 있음을 간과해서는 안 된다.

다음으로 중요한 것은 일본에 대처하는 우리 내부의 결의가 한 방향으로 공감대를 이루지 않으면 대외적 파괴력이 없다는 사실이다. 이 중차대한 사안을 위해 국가 지도자가 구성원 모두에게 낮은 자세로 손을 내밀어야 한다. 이는 비단 일본과의 문제에 앞서 정치의 진보를 도모하는 첫 번째 요건이기도 하다. 그런데 평소 이 대목을 소홀히 하고 다른 정파와의 투쟁을 두려워하지 않았다면, 대통령과 정부여당부터 겸허한 마음으로 반성해야 한다. 이러한 자세의 전환은 결코 굴욕이 아니다. 정권적 정파적 이익이 아니라 민족적 국가적 대계를 위한다면 충분히 감내할 수 있을 것이다. 아무리 좋은 보석도 그 속의 형질이 단단하지 않으면, 제 빛을 낼 수가 없다.

문학, 팬데믹의 강을 건너는 튼실한 다리

— 《미주문학》을 생각하며

　　재외 한인문학을 대표하는 미주한국문인협회와 지령誌齡
94호에 이른 계간 《미주문학》을 생각하면서, 늦었지만 새해 인
사를 드립니다. 이 유서 깊은 문협과 문예지를 통해 오랜 기간
활동해 오신, 존경하고 사랑하는 지인들께도 머리 숙여 문안드
립니다. 그리고 새로 회장을 맡으신 김준철 사형詞兄께, 앞날의
큰 발전을 기대하며 축복해 마지않습니다. 제게는 그 한 분 한
분과의 만남과 대화의 기억들이 여전히 가슴 속에서 보석처럼
반짝거리고 있습니다.

　　《미주문학》은 사람의 나이에 비추어 보면, 우리가 살 수 있
는 연한의 최대한에 이르도록 미주 문인들의 삶과 생각과 희로

애락을 담아낸 소중하고 귀한 그릇이었습니다. 모국어의 땅을 떠나 푸른 물결 출렁이는 8만 리 태평양을 건너, 미국에서 글을 쓴다는 것은 과연 무엇을 말하는 것일까요? 여전히 우리 속에 잠복해 있는 어린 시절의 기억, 잔뼈가 굵은 고향, 잊을 수 없는 가족·친지들을 끌어안는 것이 아닐까요? 우리가 이 세상에 사는 동안 버릴 수도 벗어날 수도 없는 우리 영혼의 일부인 이들을 현실의 삶 속에서 응대하는 일이 아닐까요? 그러기에 우리에게 문필의 능력이 있다는 사실이야말로 신이 주신 축복이라 말할 수 있을 것 같습니다.

지난해부터 온 세계를 강타하고 있는 코로나 19 팬데믹 재앙 때문에, 온 인류가 숨죽이며 힘겨워하고 있습니다. 이와 같은 때에 육신의 장막을 이끌고 가는 정신의 총화總和로서 문학은, 이 팍팍하고 힘든 현실의 강을 건너는 튼실한 다리가 되어줄 것입니다. 기회가 있을 때마다 미주문협 문인들의 글을 정성을 다해 읽겠습니다. 부디 건승하시고 건필하셔서 다시 만나는 기쁨을 나눌 수 있길 소망하며, 새해 더 건강하시고 원하시는 일 모두 성취하시길 축원합니다.

이립而立의 경점을 넘어 빛나는 성좌

─ 미동부한인문인협회 30주년에 즈음하여

미국 뉴욕 미동부한인문인협회의 발족 30주년을 마음을 다
해 축하드립니다. 30년은 한 세대가 경과하는 시간이요, 한 사
람의 생애에 있어서도 모든 준비와 수행의 기간을 마치고 하나
의 인격으로 책임 있는 역할을 시작하는 시기를 말합니다. 그
래서 공자는 『논어』에서 삼십세에 자립하였다 하여 이를 '이
립而立'으로 호명했습니다. 돌이켜 보면 미동부한인문인협회는
출범의 돛을 올린 이래 이 지역의 문인들을 하나의 연대로 묶
으며 여러 문학 활동을 전개하고, 또 정기적으로 연간 《뉴욕문
학》을 발간하면서 작품 발표의 지면을 마련하는 등 많은 업적
을 쌓아 왔습니다. 그 줄기찬 노력과 지속적인 수고에 경의를

표합니다.

　얼마 전 제가 실무 책임을 맡고 있는 이병주기념사업회에서는 이병주 작가의 장편 『허드슨 강이 말하는 강변 이야기』와 단편 「제4막」을 한데 묶어 '이병주 뉴욕 소설'이란 단행본을 출간했습니다. 소설 가운데는 뉴욕의 풍광과 풍물, 이 세계 최대 도시의 의미와 사람들에 관한 서술이 손에 잡힐 듯이 실감나게 그려져 있었습니다. 책을 만들면서 저는 벌써 20년 세월에 가까운 여러 차례 저의 뉴욕 방문 기억을 더듬어 보았습니다. 생각이 짧고 경험이 일천해서인지는 모르나, 제게 가장 먼저 떠오르는 것은 뉴욕에서 만나 친숙해진 동부문협의 문인들과 그분들의 작품이었습니다. 그리고 그 분들에게 정말 고마웠습니다.

　모국어의 땅을 떠나 푸른 물결 출렁이는 8만 리 태평양을 건너, 미국에서 글을 쓴다는 것은 과연 무엇을 말하는 것일까요? 여전히 우리 속에 잠복해 있는 어린 시절의 기억, 잔뼈가 굵은 고향, 잊을 수 없는 가족·친지들을 끌어안는 것이 아닐까요? 우리가 이 세상에 사는 동안 버릴 수도 벗어날 수도 없는 우리 영혼의 일부인 이들을 현실의 삶 속에서 응대하는 일이 아닐까

요? 그러기에 우리에게 문필의 능력이 있다는 사실이야말로
신이 주신 축복이라 말할 수 있을 것 같습니다. 우리가 우리 선
진의 후진이듯이 우리 또한 우리 후진의 선진일진대, 그들에게
우리 정신의 결곡한 언어를 담은 책 한 권을 물려줄 수 있다면
이것이야말로 작지만 소중한 유산이 아닐 수 없을 것입니다.

그런가 하면 동부문협의 문학공동체는 한민족 디아스포라
문학의 뜻깊은 역할을 감당하고 있기도 합니다. 문학을 통해서
궁극에까지 남는 것은 결국 '사람'일 것입니다. 사람이 있기 때
문에 한민족 디아스포라가 있고 우리의 조국이 세계 속에 그
위상을 지키며 존재할 수 있을 것입니다. 중국 당대唐代 시인의
시에 '세세년년화상사 연연세세인부동歲歲年年花相似 年年歲歲人不同'
이란 유명한 구절이 있습니다. 그러기에 흐르는 세월 속에 인
연의 소중함을 다시 생각해 봅니다. 이제 와 깨닫기로는 작은
인연과 불가항력의 운명은 그 상거相距가 그리 멀지 않아 보입
니다. 그와 같은 마음으로 여러분들을 오래 잊지 않겠습니다.
다시 한 번 30년 한 단계를 탈각하는 미동부한인문인협회에 큰
성과와 발전이 있기를 축원합니다.

마음과 글을 함께 잇는 징검다리

— 달라스의 새 문예지 《한솔문학》 창간호

미국 대륙의 텍사스 주 달라스에서 원로 소설가 손웅(손용상) 선생과 문인들이 반년간 문예지 《한솔문학》을 창간했다. '타향과 본향을 잇는 징검다리 문예지'란 캐치프레이즈를 내 건 것을 보면, 달라스 현지에서의 삶과 문학을 모국어의 거울에 비추어 새롭게 조명하겠다는 의지를 밝힌 것으로 사료된다. 뿐만 아니라 '본향'이란 말은 지역적 지리적 성격을 가진 어휘인 동시에 우리 마음의 근원을 지칭하기도 하는 터이어서, 이 슬로건은 여러 모로 뜻이 깊고 문학의 다층적 기능과 다양성의 차원을 함께 말하는 것이 되기도 하겠다. 지난 6월 발간으로 되어 있으니 아마도 올해 안에 제2호가 나오게 되지 않을까 짐작된다.

지난 20여 년간 한민족 디아스포라 문학, 그 가운데서도 특히 미주 한인문학에 깊은 관심을 갖고 미주 문인들의 작품을 읽어본 필자는 이 새 문학마당이 반갑고 그 산파역을 감당한 분들이 존경스럽기도 하다. 그동안의 노고와 또 앞으로 경주해야 할 여러 과정에 따뜻한 위무의 말씀과 축하의 뜻을 전해 드리고 싶다. 우선 이 문예지의 새 얼굴에는 미국 각 도시의 문학단체와 문인들, 한국의 주요 문학단체 대표들의 축하 메시지가 여러 모양으로 수록되어 있다. 이러한 상호 존중과 연대의 모습은 참으로 기꺼운 일이지만, 한 순간의 축하로 그치지 않고 지속적인 관심과 협력의 손길이 필요하다 할 것이다.

이 문예지의 기획특집은 재미 소설가 고故 송상옥 선생을 추모하는 것으로 되어 있다. 너무도 바람직한 일이다. 1960년대 한국 문단에서 「흑색 그리스도」등의 작품으로 성가聲價를 얻었고 미국으로 이주한 다음 LA에 거주하면서 많은 문인을 길러 낸 분이다. 필자가 40대 중반에 처음 미주 문단을 방문했을 때, 선생은 미주한국문인협회 창립기에 이어 다시 문협 회장으로 활동하고 있었다. 그 강직한 인품과 단단한 작품세계는 여전히 기억에 새롭다. 필자는 그 무렵 "중앙아시아 고려인 문학에 조명희 선생이 있다면, 미주 문학에는 송상옥 선생이 있다"고 술회하곤 했다. 선생이 유명幽明을 달리한 지 햇수로 10년의 세월, 매우 시의적절한 기획이었다.

기실 인천에서 미국 대륙 서부에 이르기까지 태평양 물길 8만 리를 건넌 곳에서 모국어로 글을 쓴다는 것이 과거에는 많은 제약 조건을 전제하는 것이었다. 그러나 온 지구사회가 1일 생활권으로 접어든 지금, 그와 같은 물리적 거리는 전혀 장애 요인이 되지 않는다. 극단적으로 말해서 미주에서 글을 쓴 작가가 한국 문단으로 원고를 보내는 데 1초면 충분하다. 인터넷이 상용화되고 스마트폰을 통하여 손 안에 들어와 있는 세상을 사는 사람들에게, 이제 객지나 변방의 개념은 사라지고 없다. 그렇다면 중요한 것은 작품의 수준이요 질적 성장이라는 명제에 걸려 있다. 이 대목이 담보되지 않으면, 아무리 화려한 미사여구로 치장해도 볼품 있는 문학이 되기 어렵다.

그러한 시각으로 필자는 이번 문예지에 수록된 작품들을 주의 깊게 읽었다. 우선 국내(한국) 초대작가의 작품으로 시인 6인과 소설과 2인의 작품이 실려 있는데, '타향과 본향을 잇는 징검다리'를 표방한 터이라 이 초대 작품도 의미가 있어 보였다.

하지만 필자가 더 주목한 것은 재미 문인으로 시인 11인, 수필과 꽁트를 쓴 3인, 그리고 소설을 쓴 8인의 작품이었다. 그 가운데 대다수 문인의 글은 그동안 필자가 《미주문학》에 오래 계간평을 쓰거나 또는 다른 경로로 익히 읽어오던 이들의 작품이었다. 한편으로는 미주의 문인들이 그 먼 거리를 두고 떨어져 살면서도 서로 소통하고 문학적 유대를 가꾸고 있다는 사실을 확인할 수 있었다.

이 글이 본격적인 작품의 비평이나 평가를 수행하는 방식으로 작성되는 데는 일정한 한계가 없지 않다. 그러기에 여기에서는 필자가 오랫동안 디아스포라 문학을 연구하면서 해외에서 모국어로 글을 쓴다는 것이 어떤 의미가 있으며, 그 절실한 문제에 어떻게 접근하는 것을 좋을까라는 생각을 축적해 온 그 심중을 밝히는 것으로 소임을 대신하려 한다. 2백만 명의 한인이 살고 있는 미국 이민사회를 배경으로 수백 명에 달하는 문인들이 우리말로 창작을 한다. 누군가 이 글쓰기를 따뜻한 마음으로 권유했을지도 모른다. 그러나 그동안 한국의 문예당국이나 문학단체들은 소중한 텃밭과도 같은 이 글쓰기의 터전을 구경만 했을 뿐, 따뜻하고 실질적인 도움의 손길을 건네지 않았다.

비단 미주 지역뿐이겠는가. 일본 조선인, 중국 조선족, 중앙 아시아 고려인 사회 등 해외에서 한글로 글쓰기가 이루어지고 있는 지역 모두에 공히 적용되는 말이다. 무엇이 저들로 하여금 이민생활의 분주한 일상사를 제쳐두고 이와 같은 글쓰기를 향해 손을 들게 하는가. 그러할 때의 글은 참으로 효력 있는 역할, 곧 팍팍한 삶의 위무慰撫이자 거기까지 걸어온 길에 대한 자긍自矜의 기능을 다할 수 있을 것인가. 적지 않은 해외의 문인들이 필자에게 물었다. 어릴 때부터 정규 학습과정을 통해 문학을 공부해야 좋은 글을 쓸 수 있을 텐데, 지금의 나는 너무 늦게 시작하는 것이 아니냐고. 필자의 대답은 이랬다. 늦지 않았다고, 작가 이병주도 박완서도 모두 불혹의 나이를 넘긴 후에 소설을 쓰기 시작했다고. 그러면 반드시 다음의 반문이 있다. 그분들은 한 세기를 대표할 만큼 특별한 문재文才를 가진 터이니 보통 사람들과는 다르지 않느냐는 것이다. 이 즈음이면 필자가 정색을 할 차례. 만약 일생을 두고 가장 가까이 있는 한 사람을 감동시킬 글 한편을 쓸 수 없겠는가. 잠시 생각해 본 분들은 모두 이렇게 말한다. 그것은 할 수 있을 것 같다! 그 다음의 권유는 다시 성의를 다한 것이어야 한다. 해보시라, 가까운 그 한 사람이 감동하면 누구나 감동하는 글이 될 수 있고 그와 같은 글 한 편을 쓸 수 있다면 마침내 같은 수준의 글 여러 편을 쓸 수 있지 않겠는가. 그런데 이러한 설득의 논리가 때로는 민망하고 구차스럽기도 하다. 말로만 하는 권면이 아니라 제도적이고 지속적인 해외 한글 글쓰기 지원 방안이 가동되고 있다면 얼마나 흔연하겠는가.

그러나 이와 같이 상황적 논리에 따라 창작실 바깥의 책임을 묻는 것은 문인의 본질적 정체성에 비추어서 부차적인 항목이다. 궁극적으로 창작의 소산은 창작자의 책임이요 그 소출은 창작자의 수확이다. 그렇다면 어떻게 좋은 글을 쓸 수 있을까라는 보다 근본적인 과제에 집중하는 것이 더 중요하고 더 나은 방략이라 하지 않을 수 없다. 그런데 이중 언어 이중문화의 환경 속에서 창작을 지속할 때에 여러 난제가 존속하는 것이 사실이지만, 시각에 따라서는 이 이중적 환경이 소설의 주제와 소재를 한결 웅숭깊게 하는 조건이 될 수도 있다는 점에 유의할 필요가 있다. 중국 원대元代의 시인이 시의 한 구절로 쓴 '국가불행시인행國家不幸詩人幸'이 여기에 응용될 수 있다.

물론 이러한 제재題材의 활용이 창작의 장점을 발양할 수 있다 할지라도, 더 중요한 것은 그 주제와 소재를 활용하여 어떤 문학적 성취를 일구어 낼 수 있는가에 있다. 대학생과 창부의 사랑이라는 삼류 통속 스토리를 가지고 핑계가 많은 사람은 신통한 글을 쓰기 어렵다. 그러나 이것을 도스토옙스키가 쓰면 『죄와 벌』의 한 부분이 되고 알렉산드르 뒤마가 쓰면 『춘희』의 모티브가 된다. 《한솔문학》 창간호에 작품을 발표한 문인들, 그리고 앞으로 속간될 다음의 지면에 작품을 발표할 문인들이 이 글쓰기의 요체를 원용하여 정말 좋은 문학, 정말 좋은 문예지를 가꾸어 나갈 수 있기를 간곡한 마음으로 바라마지 않는다. 거듭 《한솔문학》의 탄생을 경하하며 마음을 다해 더 큰 발전을 기원한다.

이중문화 환경을 선용善用하는 문학

—《한솔문학》 제2호

1. 댈러스 발發, 새롭고 튼실한 징검다리

미국 텍사스의 댈러스에서 소설가 손웅(손용상) 선생이 시작한 《한솔문학》은 '타향과 본향을 잇는 징검다리 문예지'라는 슬로건을 내걸고 있다. 미주에서 활동하는 문인들의 작품과 그에 대응하여 한국에서 활동하는 문인들의 작품을 함께 수록하고 있으니, 그에 걸맞는 편집 방향을 가졌다고 할 수 있다. 글은 곧 그 사람이며 사람의 모든 것은 마음에서 비롯된다. 성경에서는 "무릇 지킬 만한 것보다 더욱 네 마음을 지키라"(잠4:23)는 솔로몬의 기록이 있고, 불가佛家에서는 일체유심조—切唯心造라는 화엄경의 법문이 있다. 필자가 창간호 품평의 글에서 '마음과 글을 함께 잇는 징검다리'라는 수사修辭를 쓴 것은 바로 그 때문이었다. 그렇게 마음을 돋우어 글을 쓰고 그 글이 사람과 사람을 이으며, 태평양을 넘어 지역적 공간의 간격을 극복할 수 있다면 이는 참으로 기꺼운 일이다.

기실 이는 미국에서나 한국에서나를 막론하고, 글쓰기에 삶의 무게중심을 두려는 사람 누구에게나 적용될 수 있는 창작 문법이다. 20년이 넘도록 한민족 디아스포라 문학을 탐색해 온 필자의 경험적 생각으로, 해외에서 모국어로 글을 쓰는 한인 문인들에게 반복적으로 따뜻한 손길처럼 건네고 싶은 말이 있다. 곤고한 이중 언어 이중문화의 환경 속에서 어렵게 쓰는 글인 만큼, 그 문화충격을 회피하지 말고 창의적 소재로 활용하자는 것이다. 디아스포라 문학의 현장에서 그리고 그와 관련된 여러 부면에서 필자는 이 소재가 오히려 독창성을 가질 수 있다고 주장했고, 실제로 그렇게 산출된 수작秀作들을 목도해 왔다. 그와 같은 창작이 갖는, 다른 유형으로는 모방하기 어려운 특장이 있다는 의미다. 이번에 발간된 《한솔문학》 제2호에서도 이 관점을 여러 작품에 적용할 수 있었다.

2. 미주문학 시편들의 다양 다기한 감각

이번 제2호에서는 미주 시인 8인의 시와 시조 22편이 실려 있다. 이 시편들은 여러 모양으로 자연 친화의 시의식과 삶의 궤적을 시적 언어로 발화하기도 하고, 일상의 소재 가운데서 서정성을 추출하거나 그 소재를 객관적 상관물로 활용하는 창작 경향을 보여주었다. 소설이 구체적인 담론을 통해 '풀어말하기unfold'를 바탕으로 한다면, 시는 비유와 상징의 방식을 통해 '줄여말하기condense'를 기반으로 한다. 그러기에 소설과 달리 시에 있어서는 굳이 미주 시편이라고 구분해야 할 만한 차별성이 드러나지 않는 것도 사실이다. 이는 문학 그 자체가 외면적 형상이 아니라 내포적 의미에 중점을 둔다는 성격적 특성과도 부합한다.

「보름달이 되고 싶어요」외 2편을 발표한 강민경의 시는 밤하늘에 뜬 그믐달이나 별에서, 그리고 숲속에서 만난 연둣빛 풀잎에서 스스로의 자화상을 찾아낸다. 이처럼 자연을 바라보는 열린 시각을 견지하고 있으면 익어가는 사과에서 '봄처녀'를 발굴할 수 있다. 「제2의 고향은 연둣빛 사월」외 1편의 시를 발표한 김정숙의 시에도 연둣빛이 등장한다. 아직 사월이 오지 않았으나 계절적 인식은 정녕 봄이다. 비록 저 옛날 왕소군의 시 한 구절처럼 '봄이 와도 봄 같지 않다春來不似春'는 형국의 시절이라도 그렇다. 그의 시는 어른과 아이가 함께 읽을 수 있는 순후하고 청량한 문면을 가졌다. 이 두 시인의 시에서 보듯 자연과 소통하고 자연의 음향을 귀 기울여 듣는 시심詩心은, 그 자체로서 이미 문학의 본령에 잇대어져 있는 셈이다.

「터무늬를 읽다」 외 1편을 발표한 안규복의 시는 눈앞에 열리는 시적 소재 가운데서 신중하게 삶의 흔적을 찾아낸다. 헌 가구들, 벽문의 무늬들은 모두 삶의 내력이 반사된 음영이다. 노새 또는 노예라는 어휘의 바닥에서 과거사의 아픔을 읽는 눈 또한 그와 같은 시적 문법 아래에 있다. 「빛이 나는 것들」 외 1편을 발표한 안경라의 시 또한 '생의 이면'에 대한 응시와 사유를 담아내는 형용을 보여준다. 삶의 주변에 둘러 서 있는 각양의 '빛나는 것'은, 종국에 '비고 비인 우리들 눈'에서 일제히 쏟아지는 빛을 견인한다. 낯선 사람처럼 오고 있는 저녁이 한때의 사랑을 환기하고 또 오래된 사람처럼 여겨지기도 하는 것은, 그 저녁의 이면을 투시하는 감각이 있고서야 가능한 일이다.

「사색」 외 2편을 발표한 이관용의 시는 생각의 깊이, 곧 사색이 진중한 지점을 시의 문맥으로 찾아간다. '삶이 정말 힘들고 버겁다고 생각'될 때 그 존재의 의미를 자각하는 시편, 내 삶을 가로질러 반복되는 소진의 석양녘에 스스로의 마음속에서 위무의 실마리를 이끌어 내는 시편이 그의 것이다. 그의 하루는 그 생각의 심층과 더불어 깊이가 있고 뜻이 있다. 「겨울 버스」 외 1편을 발표한 이일영의 시 역시 일상 속 사색의 저변을 탐색하는 형식을 갖추고 있다. 새벽에 떠난 겨울 버스에서 '삶의 의욕을 지펴줄 희망의 불꽃'을 보는가 하면, 창유리에 어린 달빛 물결이 '명작들의 춤'으로 보이기도 한다. 시가 웅숭깊은 심령, 그 내면에서 솟아난다는 증좌들이다.

「겨울 강」 외 2편을 발표한 장효정의 시는 시의 소재로써 '객관적 상관물'을 능숙하게 활용한다. 겨울 강의 '꽝꽝한 울음'이 '엄청난 짐승의 울부짖음'을, '얼어버린 내 사랑'이 '함께 죽고 싶은 이름 하나'를 불러온다. 그러기에 '희망을 추슬러 올리면 올릴수록 커지는 절망'으로, '황홀한 화음이 타는 빛'의 분수가 소름이 돋는 지경으로 변용되는 시적 반어법, 그 탄력성의 발현을 익혔다. 「시인」 외 3편을 발표한 정용진의 시는 서정과 서사가 결합된 짧은 시편이나 그 결합을 길게 확장하는 언어용법에 능란하다. 그의 시가 가진 의미망은 대체로 그 소재적 영역 속에서 '나'를 찾아가는 여정旅程의 성격을 띤다. 그는 시인의 가슴을 채우는 시적 대상과 그 의미화를 도모하는 주제론의 화해로운 조우遭遇에 경도되어 있고, 그것의 시적 발화를 잘 보여준다.

3. 삶의 공간 환경에 잘 대응한 서사문학

《한솔문학》 제2호에 희곡 또는 소설을 기고한 미주문인의 작품은 모두 4편이었다. 그 가운데 희곡 「거위의 꿈」은 미국 이민생활의 일상과 애환을 직접적으로 다루고 있고, 소설 「초점 심도」 또한 미국과 한국 두 나라에 걸쳐 소설의 무대를 설정하면서 미주에서의 삶을 보여주고 있다. 그러나 장례식장을 배경으로 가슴 속에 숨겨둔 상처를 응대하는 「장례」나 이와 유사한 소재로 병원에서 아이를 잃는 아픔을 그린 「천국의 계단에서」는 굳이 '미주'라는 표식을 필요로 하지 않는 소설로서, 각기의 소설적 과녁에 충실한 외양을 견지하고 있다. 소설은 다층적인 삶의 현장을 작가마다 서로 다른 독창적 눈길로 해석하는 터이어서, 기실 이처럼 하나의 공간 환경과 연관지으려는 시도 자체가 불순한 것인지도 모른다.

'춤추는 포장마차'라는 부제가 붙어 있는 김길수의 「거위의 꿈」은 'Beyond American Dream'이란 영문 부제가 함께 부가되어 있다. 미국에서 꿈을 갖고 살아온 사람들의 그 뒤안길 이야기를, 포장마차와 같은 간략하고 편의한 자리에서 진솔하게 나누는 방식을 염두에 두었다. 미상불 이 작품의 대화와 지문은 그렇게 흘러가면서 이민생활의 생계, 교육 등 여러 이야기들을 글의 문면 위로 떠올린다. 사건 구성의 평이함 가운데 감방이나 총격 등의 극적인 요인이 반영되어 있기도 하지만, 전반적으로 대화의 구체적 세부에 방점을 둔 까닭으로 요소요소에서 공감의 반응을 촉발하는 힘이 있다. 그러나 이 작품이 소규모 극劇의 구성을 전제한다고 할 때, 보다 집중적이고 선명한 초점을 가진 이야기를 구조화했으면 하는 후감이 있다.

김외숙의 「장례」는 작중 화자인 '나'와 '나'의 선배가 화장장의 유골을 골라내는 일을 하는 것으로 설정된 소설이다. 어린 나이의 상주가 치르는 장례, 성탄절을 장례식장에서 보내야 하는 직업적 상황, 상주 가족의 형편과 '나' 또는 선배의 그에 대한 자기 동일시 등 여러 종류의 유사성 및 연관성이 이 장례를 관리하는 직업인들에게 부하되어 있다. 특히 '나'는 오랫동안 이별하지 못한, 자신의 '아가'를 이번 장례식을 계기로 떠나보낸다.

캠프파이어의 그 밤에 온 생명을 나는 이제야 내 가슴에서 떠나보낸다.
아주 늦은 장례였다.

이 소설의 결미다. 이 한 줄을 얻기 위해 이처럼 길다면 길고 짧다면 짧은 소설의 이야기가 동원되었다. 산뜻한 마무리다. 그 마지막 한 문장만으로도 이 작품은 만만찮은 값이 있다.
손용상의 「천국의 계단에서」도 앞서 언급한 바와 같이 한 엄마가 어린 아들을 '천국'으로 보내야하는 아픈 이야기다. 해외 사업 현장에 나가 있는 남편 '경래'가 부재한 시기에 어린 '세준'의 수술을 감당해야 하는 엄마 '윤지'의 막막함이 이 소설의 분위기를 지배하고 있다. 그것은 소설의 결말에서 '그들은 그

렇게 아들 세준을 잃었다'는 마지막 문장에 이르기까지 그대로
지속된다.

그녀는 비록 정신이 돌아왔지만 아직도 현실을 받아들이지
못하고 있었다. 마치 그녀의 꼬마가 제 누이들과 병실 바깥 계
단에서 뛰놀고 있을 거라는 착각에 자꾸만 눈을 들어 문 쪽을
살펴보았다.

자식을 잃고 가슴에 묻을 수밖에 없는 참척慘慽의 정황을, 왜
곡하거나 과장하지 않고 있는 그대로 드러냄으로써 이 소설은
오히려 서사적 설득력을 얻었다.

최문항의 「초점 심도」는 앞서 언급한 바와 같이 미국과 한국
을 오가며 이야기의 전개를 수행한다. 미국에서 한국으로 나온
사진작가 '공사일'과, 그와 젊은 날 애정의 상관관계로 묶여있
던 명규철 및 민경 등이 이 소설의 주요인물이다. '한미사진교
류전'이란 전시회가 열리면서 이들은 과거의 기억들을 그대로
간직한 채 만나고 대화하고 제 각기의 방식으로 대응한다. 동
시에 이들이 찍은 과거의 사진과 현재의 사진이 겹쳐지면서,
이 인간관계와 그것이 숨기고 있는 의미들이 암묵적으로 드러
난다.

화려한 호텔 라운지에 값비싼 프레임과 크리스털 조명 아래 걸려있는 작품들이 마치 하긴 뮤지엄The Haggin Museum에 걸려 있는 유명 화가들의 명작처럼 빛나 보였다.

명규철에 대해 일정 부분 경멸감을 가지고 있던 화자 공사일이 이와 같은 언사로 소설을 마감하는 것은, 지나온 세월의 갈피 속에서 삶의 실상을 넘어서는 예술이란 별것이 아니라는 세월의 훈도薫陶를 습득한 때문일 것이다. 삶의 현장과 현실을 반영하는 소설문학의 요체는 어쩌면 거기에 있는지도 모른다. 인생이 짧은데, 항차 예술이 길 턱이 없다.

4. 두 삶터를 새롭게 잇는 문학적 방법론

이번 《한솔문학》에는 한국문단의 문인이 기고한 시가 14편, 소설이 3편, 그리고 수필이 2편 실려 있다. '타향과 본향을 잇는 징검다리'로서의 역할과 기능을 다하려는 노력의 소산으로 보인다. 그러나 단순히 태평양을 가운데 두고 삶의 터전을 달리하는 두 문화권의 문학을 순차적으로 병렬하여 게재하는 것은, 그 징검다리의 명호名號를 강화하기 어렵다. 예컨대 각 장르

별로 공통된 주제어를 제시하고 양쪽에서 서로 비견될 만한 작품을 쓴다든지, 아니면 상대측 문인과 서로 주고받는 형식의 글쓰기를 시도한다든지 하는 방법적 탐색이 가능할 것 같다.

더 나아가서는 한민족 디아스포라의 지평 위에서 두 문학을 비교 분석하는 것도 하나의 모델이 될 수 있을 것이다. 이러한 글쓰기의 구현을 선보인 문예 편집은 지금껏 두 문화권을 통털어서 한 번도 시도된 전례가 없다. 뿐만 아니라 양쪽 문인들의 인터넷을 통한 지상紙上 좌담이나 토론회, 디아스포라 문학에 대한 인식의 여론조사 등을 기획해 볼 수도 있다. 만약《한솔문학》이 이러한 새로운 문예지의 '문열이開門'를 도모해 나간다면, 그것은 한미 디아스포라 문학에 미답未踏의 지평을 열어 가는 길이 될 것으로 여겨진다. 그러기에 여기에서는 이번호에 수록된 한국 문인들의 작품에 대해서 따로 언급을 하지 않기로 한다.

기획특집으로 마련된 장소현의 「추억의 작가를 회고한다 - 故 고원 시인」은, 창간호에서 송상옥 소설가를 조명한 이래 두 번째다. 이러한 기획, 그리고 송상옥과 고원의 선정은 매우 적절하다고 사료된다. 이분들이 재미 한인문학의 발아와 융성을

실질적으로 이끈 작가요 시인이기에 그렇다. 앞으로도 이 기획
은 계속 이어져서 중앙아시아 고려인문학의 조명희, 중국 조선
족문학의 안수길, 또 그 뒤를 이은 김창걸 작가와 리욱 시인 등
을 부각하고 기리듯이 소정의 문학사적 축적을 이루었으면 한
다. 그리하여 예인등대의 불빛과도 같은 또 다른 문인들을 되
새겨 보는데 주어진 소임所任을 다할 수 있기를 기대해 본다.

매 계절마다 이렇게 350쪽이 넘는 문예지를 발간한다는 것
은, 결코 문학적 의욕만으로 가능한 일이 아니다. 이는 문학적
징검다리를 매설하려는 창의적 식견과 자기희생의 노력, 물심
양면의 부담, 생각을 모아 돕는 손길들이 동시다발적으로 그리
고 순방향으로 작동해야 가능할 터이다. 그런 점에서 이 한 권
한 권의 문예지가 상재될 때마다 애쓰고 수고한 분들께 깊은
존경의 뜻을 표하지 않을 수 없다. 오늘날은 '코로나19'의 펜데
믹 재난이 엄혹한 시절이다. 이와 같은 때에 댈러스와 미주 곳
곳에서 문학에 열정을 기울이는 동도同道의 길벗들을 위해 그
앞날의 건승과 문운을 축원해 마지않는다.

영혼의 숨겨진 보화

—《한솔문학》제3호의 글들

1. 영혼의 상처를 위무하는 문학

'계절이여 마을이여 상처 없는 영혼이 어디 있는가'는 아르 튀르 랭보의 시 한 구절이다. 우리 모두가 시선을 모아 함께 바라보고 있는 문학의 본령을 이토록 예리하고 섬세하게 응대하기는 쉽지 않을 것이다. 이 엄혹한 시절, 펜데믹 전쟁의 한 복판을 건너면서 왜 우리는 이렇게 일구월심 문학에의 갈망을 붙들고 있는 것일까. 항차 문학이 무엇이기에, 우리의 정신과 영혼을 지배하는 그 엄중한 자리를 손쉽게 내어주었단 말인가. 만약에 우리의 삶이 순조롭고 평탄하기만 하다면, 문학은 중세 상류층의 겉멋 예술처럼 심금을 울리는 감동이 없어도 무방할 터이다. 그러나 그 반대편에 서 있는 곤고하고 핍진한 삶의 현장에서는, 문학이야말로 생명의 호흡을 이어가게 하는 구원의 불빛일 수 있다.

매일 아침 새 뉴스를 만나면, 거기에 늘 정치나 경제의 얘기가 표면에 떠올라 있고 문학은 보이지도 않는다. 신문기사에서는 한 주에 한 번, 그것도 저 깊은 내지 쪽에 잘 숨어 있는 것이 문학이다. 이를 바라보는 세상의 통념도 문학에 큰 비중을 두지 않는 현실을 대수롭지 않게 여긴다. 그렇게 문학은 우리 사회의 소수자에 해당한다. 그런데 이와는 생각이 다른 사람들이 있고, 알고 보면 그 숫자 또한 만만치 않다. 문학이 인간의 내면을 다루는 영역이므로, 매우 소중할 뿐만 아니라 우리 삶의 근본을 담당한다는 인식의 소유자들을 말한다. 글을 쓰는 사람들, 또는 문학을 사랑하지만 그것을 본령으로 삼고 있지 않는 사람들의 경우에도, 각기의 삶 속에 진귀한 보화처럼 문학을 숨겨 두고 있는 사례가 많다.

기실 문학은 외형적으로 눈에 보이지 않는 상상의 세계를 바탕으로 축조된다. 그림자를 단순히 어둡다고 보지 않고 반사된 빛의 일종으로 볼 수 있고, 미래의 가능성에 대한 폐기를 인생에 대한 새로운 태도의 시발로 볼 수 있는 것이 문학이다. 이를 테면 문학적 발상의 방식은 일상적 사고의 유형과 다르고, 또 달라야 문학적 창의력의 공간이 마련된다. 노드럽 프라이가 문학의 언어를 일상어 및 공용어와 구분하여 상상어라 언명한 것은 그 다른 방식의 언어를 지칭한다.

문학이 자유분방한 상상력의 텃밭에서 움트는 것인 만큼, 거기서 거두어들일 수 있는 수확은 여러 모양으로 볼품이 있다. 자기만의 작고 단단한 서재를 가진 문학가는 셰익스피어나 괴테, 도스토옙스키 같은 세계사적 문호들을 그 서재의 초대 손님으로 모실 수도 있고 때로는 스스로의 글쓰기를 돕는 조력자로 거느릴 수 있다. 그들의 작품을 읽거나 외우는 도중에, 그리고 그렇게 습득한 문학적 정보를 스스로의 글쓰기에 원용하는 과정에 그러한 역사役事가 자연발생적으로 일어난다.

문학이 자유분방하다는 것은, 상상력을 발휘하는 문학 주체의 방종을 의미하지 않는다. 그것은 세계를 바라보고 가늠하는 문학의 다양한 시각, 동시대의 타자와 약자에 대한 정신적 온정주의, 더 나아가 길이 없는 곳에 새 길의 가능성을 예비하는 진보적 의식 등, 다른 분야의 정신 활동으로는 수행할 수 없는 문학만의 특징적인 성격과 그 적용을 말한다. 이는 그 활동의 종류가 많다는 것과는 상관이 없으며, 시각이 다양하다는 것은 각자가 가진 관점이 독창적 방향성을 갖고 서로 다른 입지점 위에 설 때 비로소 형성되는 개념이다.

우리가 가장 먼저 경계해야 할 점은, 이처럼 분방하고 다양한 문학을 한 우리에 가두려 하거나 하나의 통합적인 용어로 정돈하려는 시도다. 문학은 그것을 정의하는 용어의 수량만큼 다기한 의미 체계를 가진다. 상상력을 근간으로 문학을 설명하는 신화문학론과 사회사적 구조를 중심으로 문학에 접근하는 문학사회학은, 문학이라는 이름 아래에서는 하나의 공통분모를 보여 주지만 그것이 실제의 읽기 또는 글쓰기에서 구현되는 각론에 이르면 전혀 다른 갈래로 전개되어 나간다.

문학은 늘 사소하고 무언가 모라라며, 수시로 갈팡질팡하거나 넌지시 도매금으로 넘어가려 할 때가 많다. 세상사 모든 데에 정확한 금을 놓아 셈하기를 원하는 이에게, 문학은 허황되고 못 믿을 품성을 지닌 자의 전유물이다. 그런데 어찌하겠는가, 그 불확실성의 자식인 문학에 명운을 걸고 문학으로부터 받은 소명에 일생을 투척하는 철부지(?)들이 목전에 즐비한 사태를 어찌하겠는가 말이다. 뿐만 아니다. 가만히 귀를 기울여 들어 보면 그 문학의 눈면(?) 주의주장이 세상살이의 연륜이 깊어질수록, 각박하게 보낸 어려운 날들의 교훈이 은연중에 가슴을 압박할수록, 그다지 틀린 언사가 아니라는 속살거림이 자분자분하다.

그래서 문득 그간의 이로理路 정연한 쟁론을 던져 버리고 문학 쪽에 손을 드는 이들이 발생하는 것이다. 그런 연유로 문학은 봄날처럼 젊은 날의 꿈이라기보다는, 쓸쓸한 가을빛의 조명 아래 더욱 그 열매가 잘 영그는 운명적 존재 양식에 입각해 있다. 그렇게 아프고 슬프고 외로운, 그러나 끝까지 판도라의 상자 맨 밑바닥에 남은 소망처럼 꺼지지 않는 불꽃이 곧 문학의 다른 이름이겠다. 이 글은 특히 영혼의 상처를 두고 치유와 위무를 원하는 이들에게 '숨겨진 보화'처럼 작동하는 문학의 존재양식에 중점을 두고 논의를 진행해 나갈 것이다.

해외 한인사회에서 바라보는 문학, 특히 모국어로 창작된 문학을 바라보는 시각은 그러기에 더욱 가슴 저 밑바닥을 두드리는 절실함이 있다. 달라스에서 간행되는 《한솔문학》 제3호의 품평에 관한 글을 시작하면서, 이 삶의 상흔과 마주하는 문학이라는 상념을 떨쳐버릴 수가 없었다. 그러므로 그와 같이 낮고 어려운 마음자리를 함께하는 심경으로 작품을 읽어야겠다는 다짐을 해본다. 지난 호와 마찬가지로 국내 시인과 작가들의 작품에 대해서는 굳이 언급하지 않아도 좋지 않을까 한다. 다만 최인호 특집과 원로, 중견, 신인들의 여러 작품을 공들여 읽었다는 사실은 밝혀두기로 한다.

2. 시, 삶의 상흔을 응시하는 일곱 개의 눈

이번 호에 실린 강학희의 시 「배꼽」과 「말, 말, 말 세상」 등 두 편의 시는 시적 화자의 '몸'이 언표하는 삶의 형상, 그리고 '말'과 같은 발화의 표현이 상징하는 생生의 의미를 드러내 보인다. 이와 같은 함축적 비유를 친근한 재료로부터 풀어나가는 시 쓰기의 방식이 그의 것이다. 여기서 몸은 구체적으로 '배꼽'이다. 화자는 배꼽을 '뿌리와의 은밀한 통로'로 지칭한다. 그 '몸의 중심점'이 존재의 근원이자 '모천으로 회귀하는 비밀센서'다. 연어의 회귀에 비추어, 몸이 삶의 방향 지시를 실행하는 비밀이 거기에 있다. 그런가 하면 말言이 미친 말馬처럼 질주하는 세상에, 시인은 경마장에 앉았다. 그 천둥벌거숭이의 말馬에도 아쉬움이 있어 '잠귀는 열어두고 잔다.' 기실 몸과 말은 동전의 앞뒷면처럼 함께 묶여 있으며 그 어간於間에 생의 진면목을 바라보는 시인의 눈길이 잠복해 있다.

고현혜의 「여행」과 「내가 간절히 원하는 것은」 등 두 편의 시는 여행을 매개로 '그대'를, 시적 화자의 소박한 소망을 통해 '당신'을 화자와의 관계망 가운데로 초치한다. 여행에서 만난 예술가들의 영혼, 또는 '땅 속에 묻혔던 한 줄의 시' 같은 심미적 표상들이 '그대 마음에 늘어진 키스처럼' 도착한다. 또한 '당신과 마주 앉아 감고 싶은' 무명 실타래는, 화자가 간절히 원하는 '당신'과의 접점이다. 화자는 그 당신의 반응이 궁금하고, 그런 만큼 당신에 대한 연모를 감추지 못한다. 이인칭 대상을 시의 중심에 두는 글쓰기의 행보를 통해 이 시들은 주체와 대상의 거리재기를 시도하고, 동시에 그 상관관계의 탄력성을 시의 표면으로 밀어 올린다.

김동찬의 「비」와 「허물」 등 두 편의 시는 시를 통한 서사적 정보의 조합과 그 의미를 도출하는 형식을 취하고 있다. 「비」에서는 먼저 '천천만만 다른 얼굴로 빗님들'이 온다는 시적 이야기의 장을 열어둔다. 비가 내리는 여러 형용을 다양하게 묘사하고, 그것이 하나로 흐르는 다음 단계를 '통일'이라는 현실적 용어로 수렴했다. 태평양을 건너는 8만 리 상거相距도 정염의 날개를 타면 순식간이듯이, '비'와 '통일'이라는 서로 생경한 언사言辭의 영역도 시적 변용의 흐름 위에서는 어색하지 않다. '허물'은 같은 이름의 제목을 가진 시에서 성장통의 객관적 상관물이다. 화자는 문득 '과거는 스스로 벗겨지는 것'임을 깨우친다. 그리고 이를 결부하는 상대역에 '아내'를 불러낸다. 그만큼 시적 서사의 진폭이 크고 자유롭다.

김준철의 「그늘이 선명해지는 시간」과 「크고 낮은 달」 등 두 편의 시는 반어적 상상력과 역설의 시적 진술을 활용하고 있다. '그늘이 선명해지는 시간'은 너와 나의 갈라섬이 '은은하지만 단호하게' 이루어진다. 이때와 그때, 거기와 여기, 그리고 너와 나는 '매섭고 인정사정없이 하나를 둘로 가르는' 상황 속에 있으나 그럼에도 불구하고 소리 없이 겹쳐져 있고 그래서 더욱 어둡다. 이 양자의 관계는 복합적이며 중층적이다. '크고 낮은 달'은 '잠들지 않는 밤'들의 진행형이다. 그 주체가 달이든 시적 화자이든, '얕은 잠에서 걸어 나와 이슬의 냉기를 밟고 그 밤으로 다시 스민다.' 화자는 '그'에게 가던 길을 멈추고 '너'에게 가고 있었다고 생각한다. 이 의도적인 오류와 혼돈은 결국 '내가 너에게 속수무책 읽히는 시간'을 배태한다. 이 시의 상황에서 역설적 어법은, 일상적 삶의 모습과 연대하여 거의 역설적이지 않게 역설적이다.

백수길의 「좋겠네」와 「엄마」 등 시 두 편은 사람과 사람 사이의 친연성親緣性을 주요한 모티브로 하고 있다. 「좋겠네」에서처럼 '말 한 마디 나눌 사람'이나 '함께 걸어갈 사람' 그리고 '쳐다만 봐도 편안한 사람'을 생각하는 것은, 우리 모두의 인간관계가 결코 만만하지 않다는 심중을 말하는 것과 같다. 항차 마주하는 사람만 그러할까. '엄마'조차도 이 관계의 도식에서 벗어나 있지 않은 터이다. '난 엄마를 사랑하지 않았다. 그러나 엄마를 사랑하고 싶었다'는 진술에서 보듯, 이 논점은 친근의 밀도가 더할수록 더 아픈 것이다. 그런데 그 엄마와 처음으로 붙잡고 울었으니, 불효자의 회오悔悟가 제 몫을 다하는 셈으로 된다. 쉽고 평이하지만 진솔한 고백을 담은 시들이다.

이월란의 「토르소」와 「노을」 등 두 편의 시는 시적 대상을 관찰하는 눈과 그 눈에 비친 삶의 단처短處 및 미비未備를 상징화하고, 이를 시화詩化하는 글쓰기의 양식을 가졌다. 익히 알다시피 토르소torso는 머리와 팔다리가 없고 몸통으로만 된 조각 작품을 말한다. 그야말로 미완의 예술품이다. 시적 화자는 이 토르소의 운명적 존립에 자신의 심상을 투사한다. 그리고 그 미완의 형상이 어떻게 스스로의 내부에 잠복한 결핍과 기구祈求의 의식을 일깨우는지를 증언한다. 마침내 그 명징한 의식이 천형天刑의 지경을 넘어 '시간 밖에서 자꾸만 팔다리가 자라는' 환영과 '세상이 아름다워지기 시작하는' 각성에 이르면, 시와 시인이 함께 성숙해지는 성취에 이른 것이 아닐까. 「노을」의 경우에는 어렴풋이 아픈 가족사가 배면에 깔려 있고, 죽은 아버지와 집을 무서워하는 엄마가 대립적 구도로 맞서서 결핍의 심도를 예각적으로 환기한다.

차신재의 「낡은 일기장」과 「사막에서 사는 길」 등 두 편의 시는 시인이 품고 있는 오래되고 소중한 기억의 갈피와 그 내면에 침잠해 있는 묵은 체험의 그림자를 서술한다. 연이어 이를 우주적으로 개방하는 곡진한 소망과 그 추동력의 결기를 보여준다. 「낡은 일기장」에서 '하늘 아래 가장 희미한 내 그림자'를 찾아내고 '별의 푸른 그늘에 눕고 싶은 꿈'에 이르는 경로를 밟아가는 시인의 의지는 안타깝고 또 절박하다. 「사막에서 사는 길」 역시 마찬가지다. 사막에서 살아가는 법을 익히는 여러 유형의 접근법이 있으나, 그 궁극에 있어서 이는 '푸른 강물로 출렁이게 하고 싶은 내 꿈같은 꿈 때문이다.' 시적 화자의 갈망과 꿈이 시의 문면에서 순조롭게 만나는 방식으로 된 시들이다.

3. 소설, 치유의 과녁을 향한 다섯 개의 화살

이번 호에 실린 김영희의 소설 「파약」은 그 제목이 말하는 대로 파약破約, 곧 남편과 아내 사이에 결혼의 전제로 해 두었던 약속의 파기를 소재로 했다. 토모와 지니라는 이름을 가진 이 부부의 약속은 아기를 갖지 않는 것이었다. 그런데 피임 실수로 임신이 되었고, 아내는 병원에서 아기의 심장 뛰는 소리를 듣고 난 다음에 낙태수술을 할 마음이 없어졌다. 문제는 아픈 과거 때문에 극단적으로 아기 갖기를 거부하는 남편과의 약속이었다. 아내는 이혼 당할 것을 각오하고 출장길의 남편 가방에 이 사태를 고백하는 편지를 넣어둔다. 참으로 심각한 혼자

만의 고뇌를 끌어안고 있는 그는, 잠결에 남편으로부터 극단적인 선긋기를 당하는 꿈을 꾼다. 하지만 전화벨 소리에 놀라 깬 현실에서, 남편은 이 모든 일을 흔쾌히 수긍한다. 오 헨리의 「크리스마스 선물」처럼 사뭇 감동적인 결말이다. 태아의 생명에 대한 인도주의와 더불어 이 부부가 오래 쌓아온 신뢰가 소설적 이야기를 훈훈하게 한다. 평범한 소재와 굴곡 없는 전개에 비추어, 이를 썩 괜찮은 소설로 이끄는 것이 이 작가의 기량이다.

박보라의 소설 「딜 쿠퍼의 그늘」은 드물게 만나는 매우 수준 높은 작품이다. 이 소설의 중심에는 '딜 쿠퍼'라는 그라피티 화가가 있고 그의 작품에 집중해 있는 화자와 그의 친구 '정엽'이 있다. 주지하는 대로 그라피티는 건축물의 벽면이나 교각 등에 스프레이나 페인트 등을 이용해서 낙서처럼 그리는 그림이다. 딜 쿠퍼는 런던에서 그라피티로 평가를 받아 유명 인사가 되었고 그의 그림도 높은 가격을 형성했는데, 정작 화가 자신은 얼굴을 숨기고 있다. 화자와 정엽은 그 그림을 두고 의견이 일치되었으나, 그림의 사진전을 계기로 인식을 달리한다. 심지어 화자는 변화한 그의 그림을 '쓰레기'라고까지 평가 절하한다.

그 이후로 두 사람은 결별한다. 작가는 정엽이 곧 딜 쿠퍼였음을 암시한다. 중요한 것은 이 소설이 예술의 가치와 금전 치환 문제, 두 사람의 우정 등 여러 가지를 함께 포괄하고 있으나 그 판단은 독자에게 유보해 두었다는 점이다. 마치 이문열의 「금시조」에서 보듯, 소설로 쓴 예술론이라 할 만하다. 의문의 해결이 문제의 해결이 되는 것은 아니지만, 소설은 바람직한 출구 전략을 확보했다.

이용우의 소설 「담」은 그의 오랜 창작 연륜을 짐작할 수 있도록 온전한 소설적 규격을 갖추었고 동시에 이야기의 재미를 여실히 보여주는 작품이다. 그런가 하면 이 소설에는 미국에서 코리언-아메리칸으로 살아가는 이들의 삶과 그 고충 및 애환을 잘 담아내고 있다. 이야기의 중심인물은 '준호'라는 이름을 가진 가장家長, 형 '준태'와 함께 산다. 어렸을 적부터 온갖 간난신고를 겪은 이 형제는 미국으로 이민 와서 소위 '아메리칸 드림'을 이루었으나, 흑인폭동으로 몰락하게 되고 형은 불구로 또 감옥으로 곤고한 역정을 거쳤다. 이사한 곳의 이웃인 중남미계 남자는 이들 가족에게 정도 이상의 적대감을 드러내고, 소설은 그가 쌓은 '담'을 비롯한 여러 문제로 충돌하는 중에 그 또한 한국인으로부터 돌이킬 수 없는 피해를 당했다는 사실을 알게 된다. 이 두 가족의 뿌리 깊은 갈등과 그 원인을 서사의 줄기로 드러내면서 작가는 미국에서의 삶이 무엇인가, 또한 우리의 인생사가 가진 굴곡이 대체 무엇인가를 엄중한 질문으로 제시한다. 이 경우에는 원인행위를 표출하는 것이 곧 심리적 균형감각을 유추하는 도화선이 되는 셈이다.

한영국의 소설 「달래와 사막」은, 소설이 무엇을 말해야 하는지를 아는 작가의 작품이다. 한 여인의 가슴에 사무친 아픔과 슬픔, 그리움과 기다림을 이토록 진진하고 웅숭깊게 그려내기란 당초에 지난至難한 일이기에 그렇다. 화자인 '나'는 청상에 홀로되어 '연희'라는 딸 하나를 키우며 살았다. 엄혹한 시대의 가부장적 질서 아래에 있을 때나, 또 딸을 따라 미국으로 건너와서 사는 동안에도 주체적인 의사를 발현하거나 저항의 몸짓을 보인 적이 없다. 그는 인고忍苦의 세월과 내면적으로 침윤한 자기절제의 시간으로 점철하며 살았다. 생애의 말년에 이르러 마침내 참으로 오래 그리던 남편의 음영陰影을 찾아보려 한다. '달래'가 남편을 그리워하던 날의 상징이라면, '사막'은 그를 찾아 떠나는 여정의 다른 이름이다. 그런데 과연 그 길의 언저리에서 그를 만날 수 있을까. 이 늦은 시도가 그 치유의 몫을 담보할 수 있을까.

정해정의 동화 「말하는 집」은 아이와 어른이 함께 감동적으로 읽을 수 있는 작품이다. 의인법, 활유법을 동원하여 장식품 '집'의 이야기를 마치 사람의 그것처럼 흥미롭게 풀어낸다. '집'은 서울의 변두리 어느 수출 공장 태생, 태평양을 건너 미국으로 넘어갔다. 여러 가정과 여러 아이의 손을 거치는 이 '집'의 역정은 언필칭 사람이 겪는 곤고한 인생유전人生流轉과 다를 바가 없다. '집'은 이윽고 중년의 동양 여자가 '메이드 인 코리아'라고 반가워하는 그 손길을 따라 안온한 곳으로 옮겨 간다. 그에게서 불빛과 기쁨이 함께 반짝인다. 의고적인 동양 문화권의 어투로 말하자면 고진감래苦盡甘來인 터인데, 여기 이 치유의 자리에 이르는 과정은 궁극적으로 장식품이 아닌 사람의 생애를 압축적으로 보여준다. 그리고 그 형식에 있어서는 '어른을 위한 동화'이자 '아이를 위한 인생론'이다.

4. 수필, 자아 개방을 위한 일곱 작가의 고백

김수자의 수필 「하와이 살기·1」과 「하와이 살기·2」는 태평양 한 가운데 있는 '낙원'의 섬 하와이에서 살아가는 이의 감상이다. 호놀룰루 중심가 블레이즈델 센터 출입구 앞에 엘비스 프레슬리의 동상이 서 있다. 저자는 그의 음악과 하와이, 그리고 하와이 홈리스들의 상황을 설명하면서 'blue'라는 단어가 가진 이율배반적인 의미를 풀어 보인다. 두 번째 글에서는 하와이와 구별되는 '본토'라는 어휘에 대해서, 그리고 이 모든 환경 조건을 포괄하는 '그리움'에 대해서 말한다. 결미에 우리 모두의 본토가 어딜까라고 질문하는 것은, 일상의 삶에 대한 서술에서 그 궁극의 의의를 추구하는 바람직한 접근법이다.

박인애의 「광장과 밀실」은 최인훈의 대표적인 소설 『광장』을 서두에 제시한다. 주인공 이명준이 남과 북 중에 어느 하나를 선택하지 못하고 '죽음이라는 중립국'으로 향할 수밖에 없었던 사정을, 저자가 아는 지인 '그'의 경우에 대입하여 설명한다. 한국을 밀실이라 여기고 미국으로 건너와서, 여러 차례 사기를 당하면서 불법 체류자가 될 수밖에 없었던 '그'는 마침내 한국으로 추방되고 만다. 이 글의 저자는 자신도 '신분 문제로

8년간 고통을 받으며 살아본 사람'이라고 토로한다. 많은 사람들이 광장으로 가는 길을 밟지 못하고 밀실로 다시 쫓겨 가야 하는 지경에 처한다. 이 글은 그 전후 문맥을 말하면서 '산 사람은 살아야 한다'는 임시처방을, 그러나 달리 방도가 없는 처방을 내놓고 있다. 다른 글 「죽은 시인의 사회」는 중국 장강長江과 역사 속의 시인들, 영화 〈죽은 시인의 사회〉 속의 키딩 선생 등을 두루 섭렵하며 시와 문학이 삶의 목적이 되는 본질적인 명제를 탐색한다. 그 본질을 향한 뜨거운 열정과 치열함이 넘치는 글이다.

　서경희의 수필 「네가 오해함이 아니냐」는 대프리 듀모리에의 장편소설 『레베카』의 줄거리에 견주어 허상이 실상을 지배하는 문제, 곧 오해에 대한 저자의 생각을 펼쳐 보인다. 이를 자신의 일상 속으로 이끌어 와서 마가복음 12장을 인용하며, 성경적 의미에 있어서의 오해와 신앙을 통한 성찰에 이르기까지 폭넓은 개념적 조명을 수행한다. 다른 수필 「나눔」은 신경숙의 소설 한 구절로 시작하여 다시 자신을 되돌아보는 글쓰기에 대해 말하고 있다. 저자는 '글이란 나눔'이라는 생각을 갖고 있으며 이어령, 장용학 등 한국 작가들의 작품을 인용하면서 '태아'

론에까지 이른다. 생명을 나누는 것보다 더 큰 나눔은 아마 없지 않을까. 글을 통한 자기성찰과 나눔의 이야기를 쓴 수필들이다.

성영라의 수필 「어떤 날」은 평범한 시간 가운데서 우연히 마주치는, 예기치 않은 일들과 그 의미에 대해 추적한 글이다. 그런데 그 결론은 '그런 날이 있다'이다. '그리운 것들 비밀스러운 것들은 모두 느린 호흡으로 점멸하던 어떤 날'이 있다는 것이다. 글이 대상에 대한 과욕을 놓아버리면 부드러워지고 깊어진다. 성 작가가 어느덧 이 글쓰기의 경지에 도달하는 것이 아닐까. 다른 수필 「봄에 온 소식」은 일곱 해 만에 꽃을 피운 뒷마당 살구나무에서 '여전히 달리는' 나무와 나의 조급을 대비해 보인다. 마당 화단에 심었던 백합도 그랬다. 거실 한 쪽의 난, 그리고 정원의 대추나무 또한 이 발견과 깨우침의 구도에 편입되어 있다. 서사의 종국은 암 진단을 받은 친구에게로 향한다. 그녀에게 새로운 생장生長과 부활이 이루어지기를 기도한다. 마지막 대목의 문장 하나가 참 산뜻하다. '새벽빛은 아직 도착하지 않았다.'

위진록의 수필 「자서전 이야기」는 7년 전에 발간한 자신의 자서전에 관한 이야기다. 어느 평론가가 이 책을 읽고 건넨 말, 저자를 '사람책'이라고 한 표현과 더불어 이 고백록의 보람을 느꼈다는 것이다. 앙드레 마키느가 쓴 『어떤 인생의 음악』이라는 하나의 소설을 다섯 번이나 읽은 경험에 견주어, 자신의 자서전도 그렇게 '기적 같은 만남'을 갖기를 염원해 본다. 자신의 글이 무엇보다 자신에게 위로와 선물이 된 가슴 따뜻한 이야기다. 다른 수필 「어떤 왕복서신」은 시의 독자로서 '시적 허용'의 범주에 대한 통렬한 지적을 담고 있다. 그에 대한 저자의 논리는 정확하고 명쾌하다. 항차 그 시의 대상이 극단적인 사회적 문제를 야기한 원로시인이어서 글의 집중력이나 파장이 확대된다. 어쩌면 이는 문학 또는 예술 일반을 향한 금도襟度의 인식일 것이다.

최미자의 「레몬나무 앞에 서서」는 샌디에고의 날씨로부터 레몬, 오렌지 나무들 그리고 코로나 바이러스 등 삶에 밀착해 있는 여러 절목들을 글의 문면으로 불러낸다. 특히 레몬의 기억에 연관된 가족사를 레몬나무 앞에서 되새기며, 사물이 사념의 영역을 어떻게 일깨우는가를 한 폭의 그림처럼 보여준다. 다른 수필 「눈물이 난다 태극기를 보면은」은 박근혜 전 대통령을 중심에 둔 한국의 정치 상황을 바라보는 글이다. 미국으로 이민 온 지 오랜 세월이 흘렀어도 이처럼 고국을 염려하는 마음이 큰 것은, 이를 애국충정이라 불러 틀린 말이 아닐 터이다. 단순히 해외에 살기 때문에 애국하는 것이 아니라, 포기할 수 없는 절절한 심사로 '두고 온 나라'를 바라보기에 더욱 깊어진 애국이 아닐까.

함영옥의 수필 「독불장군」은 교회 행사로 온 가족을 솔가率家하여 타일러 주립공원으로 낚시여행을 다녀온 이야기다. 아들과 함께 땜 하류에서 낚시에는 크게 성공했으나 '낚시 라이센스를 사지 않았고 규정보다 작은 고기를 잡았기 때문'에 큰 벌금을 물게 되었다. 경험상의 문제이지만, 돌아오는 차 속에서 저자는 남편의 얼굴을 보며 '독불장군'이라고 중얼거린다. 그런데 그 독불장군의 경향은 우리들 누구에게나 있는 것이 아니겠는가. 다른 수필 「퇴거명령」은 미국에서 살면서 '퇴거명령'이라는 제도 때문에 겪는 마음의 미세한 움직임을 예민하게 포착하고 있는 글이다. 자칫 금전적인 욕심을 낼 수도 있는 일이었으나, 저자 부부는 'God bless you'를 불러오는 선행善行의 길을 선택한다. 작고 소박한 일이지만, 함께 미소 지을 수 있는 감동이 거기에 있다.

여기서 살펴 본 일곱 저자의 글들은 모두, 스스로 가슴을 열어 보일 용기가 있을 때 우리 주변은 물론 우리의 삶 또한 아름다워질 수 있을 것임을 말해준다. 그와 같은 건실한 기대가 글을 읽는 기쁨을 북돋우는 형국이다. 항차 수필만 그러하겠는가. 소설도 시도, 그리고 예술혼을 소중하게 수납하는 모든 문학 장르가 다 그럴 수밖에 없는 것이다. '악의 묘사는 그 치료를 위해 있다'고 한 것은 에밀 졸라다. 마찬가지로 상처가 깊고 아픔이 극심한 이야기를 구성하는 것은 그 극복을 위한 통로를 찾는 일이다. 그런 점에서 미주 문인들의 이 다양 다기한 '상흔의 노래'들은 작가 자신에게는 물론 시時의 고금古今과 양洋 동서東西에 산재해 있는 독자들에게 힘이 되고 위로가 되지 않겠는가. 그러기에 문학이다. 그러기에 「풀잎」의 시인 월트 휘트먼이 '추위에 떤 사람만이 태양을 따뜻하게 느끼고 인생의 번민을 통과한 사람만이 생명의 존귀함을 안다'고 했던 것이다.

신뢰가 없으면 못하는 것들

조선조 효종 때 판서 벼슬을 지낸 박서朴遾(1602~1653)는 본관이 밀양이고 자가 상지尙之, 호를 현계玄溪라고 썼다. 어릴 때 당대의 명사 이항복李恒福에게 글을 배워 28세에 과거 급제한 뒤 이조판서를 거쳐 병조판서에 두 번이나 임명되었다. 그는 신의를 올곧게 지킨 인물로 지금까지 인구에 회자되고 있다. 일찍이 당시의 풍속대로 부모의 뜻에 따라 어느 규수와 정혼을 했는데, 그 약혼자가 중병을 앓다가 그만 눈이 안 보이게 되었다는 소문이 돌았다. 그러자 박서의 부모는 혼약을 파기하고 다른 규수와 결혼을 시키려 했다. 박서는 이를 받아들이지 않고 결연히 그 부모에게 말했다.

"병으로 눈이 보이지 않는 것은 천명이지 사람의 죄가 아닙니다. 불쌍한 아내는 함께 살면 되지만, 사람으로서 신의가 없다면 어떻게 이 세상에서 고개를 들고 살 수 있겠습니까?" 박서의 부모는 안타까웠지만 아들의 말이 기특해서 그대로 날짜를 받아 혼례를 치렀다. 그런데 신부를 맞고 보니 장님이기는커녕 초롱초롱 빛나는 아름다운 두 눈을 가지고 있었다. 알고 보니 누군가 그 미색을 탐하여 헛소문을 퍼뜨린 터였다. 정보의 소통이 어려운 시대라 그와 같은 현혹이 가능했을 것이다. 여기서 중요한 것은 아직 삶의 길에 미숙한 약관의 인물이 약속과 신의를 지킨 그 사람 됨됨이다.

영국의 사회운동가이자 자선사업가였던 쉐프츠베리Shafcebury 경이 길을 가다가 한 거지 소녀를 만났다. 불쌍해보여서 돈을 몇 푼 주려고 주머니를 뒤졌으나 그날따라 가진 것 없이 나온 참이었다. 그는 소녀에게 며칠 몇 시에 어느 장소로 오면 오늘 주려 한 돈을 주겠다고, 꼭 만나자고 약속을 하고 헤어졌다. 약속한 날이 되었는데 마침 그에게 아주 중요하고 바쁜 일이 생겼다. 처음에는 다른 사람을 시켜 돈을 보내려고 했지만 쉐프츠베리 경은 이내 생각을 바꾸었다. 꼭 가겠다고 소녀와 한 약속을 상기하면서 불쌍한 소녀를 실망시키지 않기 위해 자신의 무거운 일정을 버린 것이다.

어리고 힘없는 상대와 한 약속이었지만, 그것을 이행하는 가운데 그의 인격이 담겨 있었다. 우리는 알게 모르게 한 약속들을 이행하지 못할 때가 종종 있다. 하지만 쉽게 약속을 잊거나 어기거나 취소하려는 사람의 인품은 믿기 어렵다. 그것이 아주 작은 약속이라 할지라도 그렇다. 작은 약속을 지키지 않는 사람은 대개 큰 약속도 지키지 않기 때문이다. 약속을 파기하는 경우는 십중팔구 자신의 이익을 앞세운 때이다. 많은 사람이 권력과 금전과 명예를 위해 다른 사람 또는 공동체와 한 약속을 헌신짝처럼 저버린다. 그래도 아무 문제없이 태연할 수 있는 사회는 후진한 사회요 그러한 인물은 볼품 없는 인물이다.

지금 우리나라는 보수와 진보, 많이 가진 자와 그렇지 않은 자의 논리 및 이념이 충돌하는 격변의 현장에 있다. 그런가 하면 한반도 주변정세가 급격하게 요동치면서 오랜 세월 익숙해 있던 지정학적 상황이 현저히 달라지고 있다. 한 차례 선거를 지나오면서 이 대내외적 판도를 응대하는 민심 또한 새로운 유형의 목소리를 내고 있는 형국이다. 그 와중에서 우리는 너무도 많은 약속의 말을 들었고 여전히 약속의 홍수 속에 있다. 문제는 그렇게 약속을 남발하는 이들이 꼭 그 약속을 지키겠다는 신의가 없고, 듣는 이들도 그것이 지켜질 것이라는 기대를 별로 하지 않는다는 데 있다. 바야흐로 골이 깊은 불신의 때다.

약속은 힘과 시간을 가진 자가 먼저 지켜야 한다. "힘없는 정의는 무력하고 정의 없는 힘은 압제"라고 한 것은 파스칼Pascal이다. 그런 점에서 사회의 고위층에 요구되는 도덕적 의무와 수준을 말하는, '노블리스 오블리제Noblesse Oblige'의 의미를 되새겨 볼 필요가 있다. 제1차 세계대전에서 50세 이하 영국 귀족의 20%가 전사했고, 미국의 케네디와 트루먼 대통령은 신체의 장애를 숨기면서 군에 입대하여 제2차 세계대전의 전장에 나갔다. 입만 열면 허언虛言이기 십상인 한국 정치인들, 지도급 인사들의 행태를 비난하기에 앞서 내가 지켜야 할 약속과 신의가 무엇인가를 먼저 되돌아보아야 할 것 같다.

문화융성 논하기 전 소통부터 허許하라

2015년 4월, 필자는 참으로 기이한 형식의 공청회를 보았다. 한국조세재정연구원과 한국정책학회가 주최하고 기획재정부가 후원한, 오히려 그 주최와 후원의 소임을 서로 바꾸어 표기하는 것이 더 맞을듯한 '정책토론회'였다. 주제는 공공기관 기능조정 방향에 대한 것이었고, 문화·예술 분야에 있어서는 한국문학번역원과 한국출판문화산업진흥원을 통폐합 한다는 것이었다. 오랫동안 관심을 가져온 문예 영역이었고, 또 한국문학평론가협회 회장 자격으로서도 이 공청회를 꼭 보아야 할 것 같아 현장에 나갔다. 그리고 그야말로 기절초풍할 뻔했다.

무슨 그런 정책토론회가 다 있을까. 문화·예술 분야의 주요한 문제를 다루면서 사회·발표·토론자 7명 가운데 이 분야 현장에 몸담고 있는 이가 단 한 사람도 없었다. 겨우 문화체육관광부의 실장이 토론자 명단에 들어가 있는 것이 비슷하다고 할까. 기재부 국장, 조세재정연구원 팀장 및 소장, 전직 장관인 행정학 교수 등이 문화·예술의 기능에 대한 토론회를 구성했다. 자연히 논의는 사안의 구체성과는 거리가 먼, 정책적 방향 제시와 원론적이고 포괄적인 수준의 토의에 머물렀다. 더구나 플로어에 참석한 많은 문화·예술계 인사들에게는 직접 질의할 수 있는 기회조차 주지 않았다.

그날은 아직도 차가운 바다 속에 가라앉아 있는 세월호 참사 1주년의 하루 전날이었다. 온 나라를 혼돈의 소용돌이 가운데서 헤어나지 못하게 하는 근본적인 원인은 결국 정부와 국민과 유족들 간의 소통부재에 있다. 아픔과 슬픔을 있는 그대로 함께 받아들이고 이를 극복해 나갈 공감대를 형성하지 못했기 때문이다. 이날 공청회도 그랬다. 문화융성이 박근혜정부의 핵심 키워드 중 하나인데, 그에 앞서 문화소통부터 먼저 감당해야 비로소 본론에 이를 수 있지 않을까 싶었다.

앞서 언급한 두 기관의 통합은, 그 발상에서부터 참으로 어

불성설이다. 필자의 옆에 앉아 있던 한 원로시인은, 이름이 유사하다고 그냥 합칠 수 있는 것이냐고 물었다. 마치 축구와 배구가 같은 구기종목이니 함께 합쳐도 된다고 하는 것처럼. 우리는 얼굴을 마주 보고 웃는 것밖에 할 일이 없었다. 한국문학번역원은 번역의 활성화와 수준 제고를 도모해 한국문학의 세계화를 견인하는 책임이 있다. 한국출판문화산업진흥원은 출판과 문화산업을 통해 국가의 인문학적 자산이 시장경쟁력을 갖도록 북돋우는 역할을 가졌다. 이 두 가지는 서로 상관성이 있지만 그 영역에 있어서는 방향이나 성격이 전혀 다르다.

발표자와 토론자들은 이러한 논의가 기구 및 인력의 축소에 목표를 둔 것이 아니라 업무와 관리의 효율성에 방점을 둔 것이라 설명했지만, 아무래도 행정 편의나 예산 절감을 염두에 둔 것이란 생각을 지울 수 없었다. 다시 말하면 개선의 과제를 정직하게 내놓고 이해나 의견을 구하는 것이 아니라, 의견 수렴의 과정을 거쳤다는 '면피성' 절차로 보일 뿐이었다. 그렇지 않다면 2백 명이 넘는 청중들을 두고 직접 질문의 순서마저 박탈한 채, 그것도 시작부터 끝까지 45분밖에 안되는 시간을 배정할 수 있었을까.

결론을 먼저 말하면, 이 공청회는 처음부터 다시 해야한다. 아니라면 이 논의를 국민들 앞에서 꺼내지 말아야 한다. 장관이 창조경제의 개념을 제대로 설명하지 못해서 대통령이 직접 나서야 했던 전례처럼, 이 경우도 관련 부서에서 문화융성의 길을 잘못 잡아 다시 대통령이 나서야 할 것인가. 인문학을 중시하고 그를 통해 청년실업의 돌파구를 연다는 비전은 또 어디로 갔는가.

사회를 맡았던 박재완 전 기재부장관은, 토론회를 마무리하면서 참석자들에게 앞으로 정부에 좋은 의견을 많이 내달라고 허울 좋은 부탁을 했다. 그렇게 일부러 마련된 자리에서도 입한 번 열 수 없는 구조인데, 어디로 가서 누구에게 의견을 낸단 말인가. 잘못 되었으면 신속히 바로 잡아야 한다. 그것은 수치가 아니라 용기다. 목표와 과정이 꼭 같이 온당해야 제대로 풀수 있는 문제를 두고, 이토록 기묘한 공청회라니.

새 정부 정책, 완급 조절을

필자가 대학 2학년 때였으니 지금으로부터 40년 전의 일이다. 소설가 황순원 선생님의 강의였고 학생들이 한 사람씩 앞에 나가 자신의 좌우명에 대해 발표하는 시간이었다. 필자의 차례가 되어 고등학교 때부터 외고 다니던 『채근담』의 한 구절을 암송했다. 다음과 같은 문면이다.

"보라! 천지는 조용한 기운에 차 있다. 그러나 모든 것이 쉬지 않고 움직이고 있다. 해와 달은 주야로 바뀌면서 그 빛은 천년만년 변함이 없다. 조용한 가운데 움직임이 있고 움직임 속에 적막이 있다. 이것이 우주의 모습이다. 사람도 한가하다고 해서 가만히 있어서는 안 되며 한가한 때일수록 장차 급한 일에 대한 준비를 해 두는 것이 좋다. 그리고 아무리 분주한 때일지라도 여유 있는 일면을 지니고 있을 것이 필요하다."

발표를 마쳤는데 선생님은 한동안 말씀이 없으셨다. 아직 세상 물정을 모르는 젊은 청년의 생각이 중요해서가 아니라, 『채근담』의 이 대목이 말하는 세상살이의 이치가 사뭇 진중하기 때문이었을 것이다. 그리고 보면 그 젊은 날 이래 이 처세철학서의 일절이 지속적으로 내 삶에 영향을 미친 것이 사실이었다. 그것은 삶의 완급을 조절하는 지혜를 말하는 것이었다.

'채근담'은 중국 명나라 말엽에 홍자성이 쓴 책이다. 17세기 중반에 만들어졌고 모두 359개의 단문으로 구성되어 있으며 간소한 일상생활 가운데서 진정한 인생을 발견하라는 잠언집이다. 동북아 한문문화권의 정신사를 이끈 유학의 근본주의자들은, 이를 경박한 처세술의 교본으로 폄하했다. 학문적 엘리트주의가 도저하던 옛날의 이야기다. 하지만 지금처럼 민초들의 집약된 힘이 세상의 틀을 바꾸는 시대에 있어서는 매우 실효성 있는 길잡이가 되는 형국이다. 400년 가까운 세월이 흘렀지만 그 속에 담긴 교훈이 여전히 공감을 불러오고 있다면, 이처럼 시공을 넘어 생명력을 갖는 저술이 이른바 고전이다.

우리들 각자의 삶, 또 공동체의 삶에 있어서 급한 것과 여유로운 것을 균형성 있게 조절하는 힘은, 하나의 목표를 향해 멀리 내다보고 꾸준히 나아가는 지속성을 바탕에 두었을 때 생성한다. 그렇지 않다면 굳이 그 조절에 매달릴 이유도 없다. 세계문학사의 거인으로 불리는 독일의 문호 괴테(1749~1832)는 83년의 생애를 살면서 철들면서부터 기력이 쇠진할 때까지 일생에 걸쳐 글을 썼다. 그의 이 지속적 시간과 함께 한 글쓰기를 통해 『젊은 베르테르의 슬픔』이나 『파우스트』 같은 불후의 명작이 나왔다. 더욱이 『파우스트』는 41세의 장년 시절로부터 82세, 곧 타계 1년 전까지 40여 년의 집필 시간을 기록했다.

　단순히 이 문호가 전 생애를 통해 성찰하고 오래 썼다는 사실이 중요한 것이 아니다. 인류 문학사에 남을 대작을 꿈꾸며 한 세대가 넘도록 그 꿈을 밀고 나가는데, 어떻게 불굴의 인내가 없었을 것이며 어떻게 그 인생의 완급과 강약에 대한 경륜이 없었을 것인가. 신과 악마 사이의 쟁점이 한 인간을 통해 전개되는 과정을 그리는 판국에, 자기절제의 균형성이 없었더라면 이 세계사적 작품을 완성할 수 없었을 것이다. 그러기에 괴테는 독일문학의 정수요 자존심이다. 심지어 외국인에게 독일어를 가르치는 기관의 이름이 '괴테 인스티튜트'가 아닌가.

문재인 정부가 출범한 지 3주째를 넘기고 있다. 취임 후 첫 국무수행 지지도 조사에서 '잘 하고 있다'가 83%나 나왔다고 하니, 앞 정부와의 비교나 허니문 효과도 있겠지만 실제로 잘 하고 있다는 뜻이다. 권위주의의 자리를 과감하게 버리고 서민들과 소통하며 국민적 관심사를 직접 챙기는 모습은, 연출된 장면들이기보다 문 대통령 원래의 품성이 반영되었을 터이다. 그런데 그런 형식만으로도 신선하고 우호적인 감정을 촉발한다. 때로는 좀 지나치다 싶을 때도 있다. 올해 배정된 청와대 비서실의 특수활동비 등에서 42%인 53억 원을 절감하기로 하면서, 대통령의 식비도 청와대 예산이 아닌 개인 임금으로 공제한다는 것이다. 그 금액이 얼마인지 모르나, 그렇게 되면 국민이 그야말로 인정 없는 '상전'이 되는 셈이다.

이처럼 사소한(?) 일은 그냥 넘어가자. 문제는 국가의 근본을 바꾸는 일들을 너무 급박하게 몰고 간다는 우려에 있고, 이를 떨치지 못하는 여론이 많다는 데 있다. 특히 국가 정체성이나 외교 및 안보와 관련해서는 더욱 그렇다. 앞 정권의 정책 모두를 비판의 대상으로 할 것이 아니라, 그 가운데서 보존하고 이어가야 할 목록이 무엇인지 잘 살펴야 한다. 자칫 국력의 낭비와 유실을 가져올 수 있다. 정치적 이념이나 성향이 다른 인물들도 발탁하고 있어 박수를 받을 만하다. 그 반대로 그동안 핍박을 받은 인물이라고 해서 철저한 검증 없이 쉽사리 주요한 공직에 들여놓아서는 안 된다.

'적폐 청산'에 과감한 개혁성의 기치를 내거는 방식은 옳다. 다만 자칫 적폐가 아닌 것까지 청산하는 일이 있어서는 곤란하다. 그래서 완급과 강약과 경중의 조절이 필요하다는 말이다. 굳이 여기에 홍자성의 『채근담』이나 괴테의 『파우스트』를 불러온 이유다. 첫 시기의 지지율은 그렇게 오래가지 못한다. 그러나 처음 간직한 초심은 끝까지 지켜야 한다. 문재인 정부의 성공이 나라의 성공과 연동되어 있는 까닭에서다.

승리보다 높은 가치 '공정 경쟁'

2017년 12월 10일 미국 텍사스 주 댈러스에서 열린 BMW댈러스마라톤대회에서, 그 무엇으로도 바꿀 수 없는 아름다운 경기의 한 장면이 있었다. 이 대회의 여성부에 출전한 뉴욕의 정신과 의사 첸들러 셀프가 막판까지 1위로 달리고 있어 우승이 유력해 보였다. 그런데 결승선을 고작 183미터 남기고 비틀거리기 시작했다. 그러더니 다리가 완전히 풀려 더 뛰지 못하고 땅바닥에 주저앉아 버렸다. 그 뒤를 바짝 쫓고 있던 2위 주자, 17세의 여고생 아리아나 루터먼에게는 다시없는 기회였다. 하지만 루터먼은 그를 그냥 지나쳐 가지 않았다.

루터먼은 셀프를 부축하고 함께 뛰기 시작했다. 자꾸만 의식을 잃으려 하는 셀프에게 '당신은 할 수 있어요, 결승선이 바로 저기 눈앞에 있어요'라고 끊임없이 응원하며 앞으로 나갔다. 그리고 결승선 앞에서 그녀의 등을 밀어 우승할 수 있도록 해주었다. 이날 셀프는 2시간 53분 57초의 기록으로 우승을 차지했지만, 관중의 환호와 찬사는 2위인 루터먼에게 돌아갔다. 인생을 살만큼 살아보고 세상살이의 이치를 깨우친 어른이 아니라 10대 중반의 고교생이 한 일이었다. 알고 보니 이 경탄할 만한 청소년 선수는 12살 어린 나이 때부터 댈러스의 집 없는 사람들을 위하여 비영리단체를 만들어 도움의 손길을 나누던 숨은 봉사자였다.

한국에서 열리는 두 번째 올림픽, 평창 겨울올림픽이 한창 열전 중에 있다. 경기에서 이기는 것이 목표가 아니라 페어플레이, 곧 공정 경쟁으로 떳떳하고 보람 있는 경기를 치르는 것이 올림픽 정신이요 그 목표다. 그에 비추어 보면 루터먼의 사례는 페어플레이를 넘어 인간애와 인류애를 실증한 눈부신 모범에 해당한다. 평창올림픽과 뒤이어 열리는 평창패럴림픽의 성공은, 무엇보다도 이러한 정신적 가치가 살아 있어야 하고 선수들의 땀으로 얼룩진 경기장마다 페어플레이의 규범이 지켜져야 한다. 모든 경기가 선수의 합당한 자격 검증이나 도핑 테스트를 앞세우는 것은 바로 그 공정성의 문제 때문이다.

평창올림픽을 성공적으로 이끄는 것은 국가의 명성과 국제 적 신인도의 격상을 도모할 수 있는 최적의 기회다. 그래서 여러 나라가 기를 쓰고 올림픽을 유치하기 위해 경쟁을 벌이는 터이다. 개최국의 국격과 그 내부의 인프라를 현저히 향상시키는 올림픽의 힘을 지혜롭게 활용하면, 국가가 당착한 난제들을 풀어나가는 데도 크게 유익할 것이다. 특히 그 정신의 근본인 페어플레이 구현에 있어 더욱 그렇다. 마치 구한말의 궁벽했던 시기처럼 세계열강이 촉각을 집중하고 있는 한반도의 형편을 감안하면, 경기의 공정한 규칙을 원용하여 공정한 국제관계의 정립을 강력하게 요구할 수도 있다.

중국은 미국 못지않게 한반도에 직접적인 영향력을 미치는 나라다. 그런데 우리 역사에 중국이 '강국'이 아닌 '대국'으로 긍정적 역할을 한 전례가 거의 없다. 중국 국가주석 시진핑은 한때 한국을 '형제의 나라'라 불렀지만, 무슨 형제가 그 오랜 세월에 걸쳐 일방적 억압과 착취를 감행해 왔는가를 설명하지 못할 것이다. 중국과 한국이 형제였을 때는 일제강점기, 함께 고난을 감당하던 시기 외에는 없다. 일본은 누대에 걸친 침략자의 나라였다. 더욱이 이 나라는 의도적이든 그렇지 않든 과거의 역사적 패악에 대한 반성이 없고 앞으로 더 나아질 것으로 보이지도 않는다. 이들에게 지속적으로 경기의 공정처럼 관계성의 공정을 촉구해야 한다.

평창올림픽에 '평양올림픽' 논란을 불러온 남북관계의 새로운 구도 또한 이번 올림픽을 거치면서 떠오른 당면과제다. 북한은 현송월과 김여정 등의 카드를 활용하면서 매우 전략적이고 모양 좋게 남한 사람들의 주의를 순화시켰다. 하지만 조금만 더 숙고해보면 북한의 의도가 그 본질에 있어서 촌보의 변화도 없음을 깨닫기가 어렵지 않다. 국제사회에서 실추된 이미지를 개선하고 한반도에서의 정치적 주도권 확보와 핵 무력 완성의 시간 벌기라는 당초의 복심을 수정할 리가 없다. 그래서 '위장평화'라는 용어가 등장하는 것이며, 올림픽 이후에 도래할 엄중한 사태들에 대한 경각심이 긴요한 형국이다.

올림픽 경기의 공정 경쟁을 지렛대 삼아 북한에 요구할 어젠다는 너무도 많다. 이러한 논리를 지속적으로 개발하고 또 제기해야 한다. 상황이 어려운 점은 남북관계 현안이 상당 부분

국내 문제와 연동되어 있다는 사실이다. 여러 세력 간의 화합과 국론 통합이 이 정치적 게임에서 승률을 올릴 수 있는 필요충분조건인데도 우리 사회는 그 해묵은 숙제를 방기하고 있다. 국내의 공정성 쟁점만 해도 금수저·흙수저, 갑질, 헬조선 등 '기울어진 운동장'의 난제가 너무 많아 감당이 쉽지 않다. 이와 같은 때, 평창올림픽이 선린우호와 페어플레이 정신으로 넘치고 그 자장이 우리 사회와 나라의 내일에 값진 자양분으로 작용하는 길을 찾아야 한다.

KI신서 10177

문화의 푸른 숲

1판 1쇄 인쇄 2022년 4월 15일
1판 1쇄 발행 2022년 4월 29일

지은이 김종회
펴낸이 김영곤
펴낸곳 (주)북이십일 아르테

TF팀 이사 신승철
TF팀 이종배
출판마케팅영업본부장 민안기
마케팅1팀 배상현 한경화 김신우 이보라
출판영업팀 김수현 이광호 최명열
제작팀 이영민 권경민
진행·디자인 다함미디어 | 함성주 유승동 유예지

출판등록 2000년 5월 6일 제406-2003-061호
주소 (10881) 경기도 파주시 회동길 201(문발동)
대표전화 031-955-2100 **팩스** 031-955-2151 **이메일** book21@book21.co.kr

© 김종회, 2022
ISBN 978-89-509-0020-5 03800